# MERGULHADOR DE ACAPULCO

— CONTOS —

tao

Sérgio Telles

# MERGULHADOR DE ACAPULCO

– CONTOS –

2ª EDIÇÃO

*Mergulhador de Acapulco*, 2ª edição

Editora Edgard Blücher Ltda.

*Publisher* Edgard Blücher
*Editor* Eduardo Blücher
*Coordenação editorial* Jonatas Eliakim
*Produção editorial* Catarina Tolentino
*Diagramação* Guilherme Henrique
*Revisão de texto* Marco Antonio Cruz
*Capa* Leandro Cunha
*Imagem da capa* iStockphoto "A tumba do mergulhador" – Paestum (470 AC)

tao

Rua Pedroso Alvarenga, 1245, 4° andar
04531-934 – São Paulo – SP – Brasil
contato@taoeditora.com.br
www.taoeditora.com.br

Segundo o Novo Acordo Ortográfico, conforme 5. ed. do *Vocabulário Ortográfico da Língua Portuguesa*, Academia Brasileira de Letras, março de 2009.



Dados Internacionais de Catalogação na Publicação (CIP)
Angélica Ilacqua CRB-8/7057

Telles, Sérgio
Mergulhador de Acapulco / Sérgio Telles. – 2. ed. – São Paulo : Blucher, 2022.
212 p.

ISBN 978-65-89913-41-2

1. Contos brasileiros I. Título

22-4805 CDD B869.3

Índices para catálogo sistemático:
1. Contos brasileiros

# AGRADECIMENTOS

Para
meus pais *Anajarino* e *Suzette*;
meus irmãos *Francisco, Bebeto, Ruth, Fernando* e *Clotilde*;
minha mulher *Lúcia Helena*;
meus filhos *Pedro, Marcos* e *Bruno*;
para minhas noras *Cristine, Mariana* e *Andrea*;
para minhas netas *Gabriela, Laura, Carolina* e *Marina*,
a quem agradeço por tudo.

# CONTEÚDO

# CARTAS, TELEGRAMAS, TELEFONEMAS

Várias vezes perguntei a ele de quem esperava as cartas, telegramas e telefonemas que, invariavelmente, procurava ao chegar em casa. Ele olhava para mim com o jeitão simpático de sempre, o olho redondo azul, e dava de ombros.

Logo aprendi que "cartas, telegramas, telefonemas", frase que dizia toda noite ao chegar do trabalho, era uma espécie de cumprimento, ao qual todos da casa pareciam estar habituados, e que não merecia resposta. A mulher, a simpática Renée e as duas filhas, Júlia e Miriam, duas garotas de jeans e chicletes, nem se dignavam a responder com um "sim, tem cartas" ou "fulano ligou". Simplesmente diziam – Oi, batalhou muito hoje? Faturou bastante? – e davam beijinhos.

Eu já estava há dois meses com eles. Apesar de terem uns dez anos menos que meus pais, eram grandes amigos, e eu os conhecia desde menino. Sempre foram como tios mais novos, mais próximos. Tinham vindo para São Paulo há muito tempo, mas toda a família deles morava lá em Barretos, perto de minha casa. Quando vim para a faculdade, meu pai não quis que eu enfrentasse São Paulo assim, direto, sem um prévio estágio num lugar seguro, acumulando fôlego para dar o mergulho definitivo na vida sozinho fora de casa. Chiei um pouco, mas no fundo gostei. Estava com dezenove anos, e a casa de Ari era um posto avançado em território, se não inimigo, desconhecido.

Conhecia-os bem, embora nunca tivesse tido grande intimidade, e dizem que, para conhecer uma pessoa, tem-se que comer uma saca de sal com ela. Mas a única coisa que me chamou a atenção foi o tal "cartas, telegramas, telefonemas".

Comecei a imaginar de quem esperaria tais mensagens. Eu o via sempre telefonando para a família dele lá em Barretos, falando com dona Marta e seu Edson, com a irmã dele, a Suzaninha. Então não seria daí que esperaria telefonemas, muito menos cartas. Os amigos, os negócios? Não podia imaginar como. Era um dentista supereficiente, com clientela grande, ocupava cargos nas entidades de classe, tinha muitos amigos, com quem mantinha contatos frequentes e intensos.

Sobravam os negócios escusos, hipótese à qual logo me aferrei. Única explicação possível para aquela preocupação recorrente, desgastante. Teria amantes, negócios ilegais? Sua vida pacata, tão aberta. A qualquer hora do dia ou da noite, Renée sabia exatamente onde ele estava. A própria tranquilidade que ela exalava, aquela tranquilidade de mulher segura da relação, que demonstra plena confiança no parceiro, desautorizava prosseguir com tal hipótese.

Mas era indiscutível que ele esperava algo. Inúmeras vezes, presenciei como aquilo que estava ocorrendo à sua volta, os grandes e pequenos acontecimentos familiares, as brincadeiras e malcriações das filhas, a presença de Renée, os amigos, tudo isso como que não o tocava, ou só o fazia remotamente, secundariamente. Não que ele fosse grosseiro ou ignorasse a família e os amigos. Não. Ele apenas estava como que além ou aquém de nós, nunca estava ali propriamente. A gente tinha que chamá-lo, e rapidamente ele escapava de novo para algum lugar que o obcecava. Ele estava preso lá, ali, em quem quer que fosse, a seja lá o que, enquanto tocava a vida, coisa que, como já disse, fazia com perícia. As filhas, a mulher, a casa, a profissão, a conta bancária, tudo ia muito bem. Apenas aquela sombra nos olhos, a sobrancelha mais tensa e levantada no lado esquerdo, a fração de segundo que demorava para responder é que davam a impressão de que não relaxava, não gozava daquilo que tinha, e que tinha em abundância.

Concluí que tudo isso tinha a ver com "cartas, telegramas, telefonemas". Estava em casa, passava o correio, o telefone tocava, e lá corria ele. Eram os amigos, os colegas, a família, era o Dr. X. era Y, e, pelo seu rosto, via-se decepção, o vazio, claramente se expressava o aborrecimento: não era aquele telefonema que esperava, não era aquela carta.

O próprio item "carta" me parecia estranho. Ativo como ele era, pendurado no telefone, que diabo de carta era essa que esperava, o que o impediria de telefonar diretamente para saber o que lhe interessava?

E "telegramas"? Hoje parece démodé, mas naquela época nem tanto. Uma vez ele me disse que, quando criança, não podia haver honra mais alta para uma casa, dentre a vizinhança, que receber um telegrama. Logo as vizinhas vinham averiguar que notícias extraordinárias tinham chegado. Mas isso parecia extemporâneo, inadequado, insuficiente para justificar sua expectativa.

Depois me acostumei, deixei pra lá. Era uma pequena idiossincrasia, uma loucura mansa, uma bobagem. Passados os dois meses, fui para meu próprio apartamento, mas continuei frequentando a casa durante os cinco anos da faculdade, e aquelas impressões todas continuaram, pois Ari mantinha inalterado o cacoete. "Cartas, telegramas, telefonemas?" era parte irremovível de seu ritual de chegada em casa.

Ganhei uma bolsa de estudos e fui para os Estados Unidos. No quarto ano em que lá estava, recebi notícias de que Ari havia morrido, vitimado por um câncer de evolução rápida. Ao voltar, após ter organizado minha vida, fui visitar Renée.

Acho que ninguém gosta de fazer visitas de pêsames. No meu caso, fico sempre na dúvida se devo falar sobre o morto – quando temo estar remexendo numa ferida que o enlutado talvez preferisse não tocar – ou se conversamos em geral, o que pode ser tomado como um desrespeito à dor do visitado. Naquela vez tudo foi muito bem, um encontro caloroso. Conversamos muito, as meninas já moças, relembramos fatos. Renée falou dos últimos meses de Ari, já internado, e arrisquei uma brincadeira afetuosa, perguntando se ele ainda dizia "cartas, telegramas, telefonemas?", a famosa frase, motivo de tantas piadinhas entre nós.

Respondeu que sim, e, mais surpreendente ainda, que estas foram suas últimas palavras. Ela tinha ido dormir em casa e Júlia tinha ficado no hospital naquela noite. Ao chegar e beijar-lhe o rosto, ele sussurrou, sem fôlego: "cartas, telegramas, telefonemas?" Logo depois entrou em coma e morreu no dia seguinte.

Estremeci quando ouvi, pois imaginei que coisa terrível ele esperaria, que mesmo em seu leito de morte, já expirando, continuava a preocupá-lo. Algo que parecia, consequentemente, maior que a própria morte.

Depois desta visita, fui morar em Brasília, onde a universidade tinha-me convidado para dar uns cursos, e, numa de minhas passagens por São Paulo, estando por perto, fui até a casa de Renée.

Enquanto tomávamos um cafezinho, ela me contou que, algum tempo depois de minha visita anterior, tinha chegado uma carta para Ari. O envelope manuscrito vinha da França, com grandes selos comemorativos, ela lembrava, aqueles selos que reproduzem pinturas célebres. Ficou ali horas olhando o nome de Ari e seu endereço escritos com aquela letra desconhecida, olhando aqueles selos, reproduções de Matisse e Corot.

Paralisada, não sabia se devia abrir a carta, que parecia ser *a carta*. Finalmente abriu-a e viu que estava escrita à mão, como o envelope, e em alemão. A assinatura era ilegível. Alemão ela não sabia, teria que pedir a alguém para lê-la. Foi então que, tomada interiormente por maus pressentimentos e sabendo que ia fazer algo do qual se arrependeria pelo resto da vida, rasgou a carta em pedacinhos e os jogou na privada, puxando a descarga em seguida.

Depois, continuou Renée, por um tempo fez de conta que tinha esquecido a carta. Um dia começou a perguntar aos parentes e amigos de quem poderia ser, tentava ler a carta, numa impossível reconstituição mental. Até o dia em que uma ideia apareceu e se instalou em sua cabeça: pensou que se o missivista tinha mandado uma carta, bem poderia entrar em contato novamente, pelo correio, por telefone, poderia mandar outra carta, e essa, dizia a toda hora para todos, ela jamais rasgaria, jamais repetiria o mesmo erro. E Renée passou a aguardar o correio e, se não estivesse lá na hora, chegava e perguntava "cartas, telegramas, telefonemas?".

Esta última parte ela não me contou. Eu mesmo a vi fazendo, pois tinha chegado antes dela em sua casa e presenciei sua entrada e o que disse, e cheguei a pensar que ela estava fazendo uma pequena brincadeira comigo, em nome dos velhos tempos. Agora, após tudo o que me dizia, entendia que não era bem assim. Senti, então, uma angústia insuportável, e logo me despedi. Em vez de pegar um táxi, saí andando pelas ruas, para tentar descarregar uma coisa pesada que sentia, uma opressão no peito, uma grande tristeza, uma sensação de medo.

# LA VECCHIAIA È BRUTTA

Não posso alegar inocência, dizer que fui pega desprevenida. Foi a primeira coisa que Marina me disse quando me mudei para o prédio:

— Olha, toma cuidado, é meio engraçado, meio esquisito, mas tem um velho aí, um coroa, que ataca toda mulher no elevador.

Coitado do seu Manoel, é um problema. Dizem que a família teve de se mudar para cá por causa dos escândalos que ele provocou no prédio onde moravam. Os maridos perderam a paciência. Aqui não. Aqui é motivo de riso, gozação. Você vai ver. É assim: quando ele está com a mulher dele, os filhos já casados, as noras, é um vizinho como outro qualquer, gentil, delicado, e vai dizer "*la vecchiaia è brutta*". Ele sempre diz isso. Mas basta estar só para mudar totalmente. Aí ele ataca mesmo, quer passar a mão, quer beijar, é um troço. Daí dizerem que é malandragem dele e não arteriosclerose, demência, qualquer coisa assim.

Não liguei, tinha outras preocupações. Estava mudando para um prédio mais chique, num bairro mais legal, era um passo a mais em nossa modesta escalada social. Estávamos preocupados em fazer amizades, meio saudosos dos amigos e vizinhos da Barra Funda, os que ficaram para trás. Estávamos curtindo o Itaim, o Mappin, a Avenida Juscelino Kubitschek, a vida nova. Zé Luís estava eufórico, muito orgulhoso, e eu também.

Aí, um dia, encontrei-me com ele. Estava saindo do apartamento de Marina e, no elevador, vinha um senhor baixinho, de olhos muito pretos, que destoavam dos vastos cabelos brancos. Marina me olhou rindo e entendi que estava frente a frente com o seu Manoel.

Ele nos cumprimentou formalmente, despedi-me de Marina e entrei no elevador. Quando a porta fechou, ele me olhou nos olhos e disse um cafajeste "gostosa". Prevenida, não me assustei. Olhei para sua cara e me enchi de pena daquele velhinho. Havia um tal desespero no seu olhar, que ficava estranho, não combinava nada com o seu "gostosa". Parecia que ele lutava para não chorar. Parecia estar com medo de alguma coisa, e me deu uma imediata vontade de abraçá-lo, acalmá-lo, dizer "isso passa", "não fique assustado". Mas não devo ter demonstrado nada disso, e o elevador chegou ao térreo, onde desci.

Chegaram as eleições de síndico, e Zé Luís logo se candidatou. Julgava ser esta a forma mais fácil de se tornar próximo dos novos vizinhos, fazer amizades mais condizentes com nossa nova realidade financeira. Ele foi eleito, mas logo descobriu que não ia poder realizar seus projetos. Dos trinta apartamentos, pouquíssima gente ia às reuniões de condomínio, só uns gatos pingados. Os mais ricos e finos, que eram o alvo do Zé Luís, nunca iam, não ligavam a mínima para as reuniões. Iam só os mais pobres, que tentavam impedir o aumento das despesas do prédio. Como não tinham amigos nem passeavam fora, faziam da reunião um grande acontecimento. Ali estavam sempre as mesmas pessoas, falando mal da vida alheia e fofocando. É claro que seu Manoel era um prato cheio, com suas investidas às moradoras e empregadas.

Sem me dar conta, fui tomando o partido dele, só pela antipatia que sentia pelas beatas, pelas comadres, pela caretice delas, pelo prazer que tinham de pichá-lo.

Calhou de passar um tempo sem que eu me encontrasse com o seu Manoel, mas aí aconteceu. Não sei como nem porque, mas quando ele entrou no elevador e disse "gostosa", eu fui até ele e dei-lhe um beijo. Ele quase caiu para trás. Não podia nunca esperar minha atitude. Recuperado do susto, ele manteve a investida e me beijou para valer.

Eu estava completamente zonza, louca. Chegamos ao térreo e ele me convidou para um cafezinho no bar da esquina. Perplexa comigo mesma, eu fui. E do cafezinho saímos para um motel.

No dia seguinte, fui a uma psicóloga. Apavorada, confusa, me achando completamente pirada. Fiquei uns dois meses por lá, ela dizia que eu tinha problemas não resolvidos com meu pai – era a única possibilidade de entender uma mulher de vinte e sete anos sair com um homem de setenta. Setenta – setenta anos – que coisa espantosa, eu dizia para mim mesma. A psicóloga parecia meio indignada. Não entendia como eu fazia um negócio desses, eu com um marido de trinta e dois, um cara bem-apanhado, jogador de basquete no Esperia, (isso antes da mudança para o Itaim – tínhamos planos de ir para um clube melhor, tão logo fosse possível). Estaria louca, em processo de desagregação psicótica? A psicóloga se perguntava, e eu fui embora, sem esperar as respostas.

Passado o susto inicial, me reconciliei com a ideia, nem sei como. Eu me via com seu Manoel e me enchia de ternura por ele. Sua "pouca-vergonha", como o pessoal do prédio dizia, me parecia algo tão diferente. Seu Manoel estava numa luta contra a morte, era um não aceitar a velhice chegar, um não se deixar levar sem espernear, um lutar às claras contra o fim, um se agarrar com unhas e dentes à vida, um sugar desesperadamente o que escapava rápido por entre os dedos, uma busca de calor contra o inverno que chegava definitivamente.

Depois de um certo tempo, todo o prédio ficou sabendo. A família dele resolveu diplomaticamente ignorar o assunto. Zé Luís ficou arrasado, conversou com amigos, que insistiam que eu devia estar doida, que devia me internar. Minha mãe foi convocada, e minha tia Lurdes, a conselheira da família, veio tentar chamar-me à ordem. Aceitei ir ao psiquiatra, até ser internada, mas, no fundo, sabia que estava além de qualquer ameaça, aliada que era numa batalha radical, uma batalha que os outros se recusavam a enfrentar. Seu Manoel era o único que olhava a fera no olho e a desafiava, rebelava-se, não se deixava enganar ou submeter. Os outros se sentiam incomodados, questionados por sua coragem. E, nesta batalha, eu era uma peça fundamental.

Zé Luís cansou e me deixou. Vendemos o apartamento e tive que ir morar com minha mãe. Zé Luís foi para um apart-hotel. Estava até aliviado. Lá talvez pudesse dar seguimento a seus planos de ascensão social. Minha mãe me olhava boquiaberta, bem como minhas amigas.

Seu Manoel remoçava e, um dia, delicadamente, perguntou-me se eu me incomodaria de atender a alguns amigos dele. No início não entendi. Depois entendi e quis me ofender, mas seu Manoel logo conseguiu me acalmar. E eu pensei: "por que não?"

Os muitos amigos de seu Manoel me ocupam e sinto que, literalmente, insuflo vida nestes solitários viúvos, acabrunhados velhos casados com esposas doentes.

Nunca me senti tão útil em minha vida. O trabalho é grande e já tentei arregimentar novos quadros para a batalha. Comecei com Marina, mas ela ficou chocadíssima. O mesmo aconteceu com outras amigas com quem falei. Mas acredito que conseguirei no futuro. Quem sabe elas poderão repensar e entender o chamado e, assim, juntarmos forças nesta luta.

Minha missão apenas começou.

# MISSÃO CUMPRIDA

O gordo chegou ao bar e foi direto à mesinha onde estava um homem de meia-idade lendo um jornal, bebendo uma caipirinha de vodca.

— Oi, há quanto tempo! – disse o que estava sentado.

— Prazer em te rever. É uma honra. Você não tem ideia de como está famoso por lá – disse o gordo, sentando-se. Respirou fundo, acomodou-se e olhou em volta. Parecia estar gozando da tarde, que corria docemente para as 17h, não muito quente, um ventinho gostoso.

— Imagino. Foi apenas um bom trabalho. Quer uma bebida destas? Experimente. Vai gostar. A propósito, já se acostumou com a nova aparência? – disse o outro, enquanto chamava o garçom.

— Me conta. Em que pé está? – O gordo puxou a cadeira mais para perto do de meia-idade.

— Tudo pronto. Acredito que mais vinte, quarenta anos e poderemos chegar tranquilamente, sem pânico, sem rebuliço. – Parecia meio enfastiado, não tinha o interesse do gordo.

— Bom, você seguiu o plano habitual, suponho.

— Claro. O dirigido às novas gerações. A experiência tem mostrado ser a melhor. Na TV, todos os desenhos animados falam de naves espaciais, habitantes de outros planetas, armas especiais, forças desconhecidas. Para as crianças isso é corriqueiro e familiar. – Enquanto falava, passava as mãos pelos cabelos ralos no meio da cabeça e olhava longe, sem corresponder ao intenso olhar do gordo.

— E antes?

— Bom. Nos anos cinquenta, você sabe, fizemos as espetaculares aparições. Manchetes em todas as grandes publicações, muitas especulações, escândalos, muitos "loucos" falavam que nos tinham visto.

— E depois? – O gordo, sôfrego, não parava de perguntar.

— Um interregno. Bonança. Investimos na produção literária, que já havia sido usada antes com parcimônia. E também no cinema. A "ficção científica", como eles dizem, teve um *boom* nos últimos anos. Pegou fogo. Tem estado assim. – Ainda passando a mão nos cabelos, chamou o garçom e pediu outra caipirinha de vodca. Happy hour.

O gordo não deixava o silêncio espichar. Perguntou de novo.

— Aí entraram os desenhos?

— É. Estamos falando só dos momentos mais importantes de que me lembro, é claro. Você vai encontrar tudo bem documentado, arquivado, como era de se esperar. Ah, teve também o Däniken. Seus livros tiveram um excelente impacto. A ideia dele, como você sabe, é irrefutável; tão clara e simples, impõe-se com facilidade. Oficialmente, foi rejeitado, provaram ser uma grande bobagem. Mas ficaram com a pulga atrás da orelha. – Olhava agora o gordo com simpatia, falava pacientemente.

— Quer dizer que mais vinte, quarenta anos, você calcula?

— É.

— E agora, para onde você vai? – O gordo parecia preocupado, ansioso.

— Recebi ordens para continuar noutro lugar. Vou substituir alguém que volta para casa. – Transparecia um certo cansaço na sua voz. Passou novamente a mão nos cabelos.

— Você parece melancólico – sentenciou o gordo.

— Sabe, tenho pena deles. Ficarão tão decepcionados. – Uma rajada de vento levantou a ponta da toalha da mesa, virando o copo e derramando o resto da caipirinha.

— Você acha? Com toda a tecnologia avançada que vão receber, os novos conhecimentos? Não entendo.

— É que eles esperam que nós tenhamos as respostas. Você sabe... Deus, morte, felicidade, essas coisas.

— Hum! – Agora o gordo não se interessava mais.

— Acho que se decepcionarão quando descobrirem que temos as mesmas perguntas. Que nossas respostas, embora vestidas com outras roupas, não diferem essencialmente das deles. O mesmo desconhecido. – O de meia-idade procurava a carteira no bolso.

— Bom, que se há de fazer? – O gordo não estava nem aí.

— Pois é, nada. – O de meia-idade deixou umas cédulas na mesa e levantou-se. – Acho que temos de nos despedir.

— É mesmo – disse o outro também se levantando.

— Boa sorte. Você vai gostar deles. São meio bárbaros, mas inteligentes, astutos. Adeus.

— Adeus – respondeu o gordo. Ficou por instantes observando o de meia-idade se afastar, atravessando a rua. Depois, sentou-se pesadamente na cadeira e ficou olhando com desgosto para seu copo.

# AMIZADE

Não poderia imaginar que um dia fosse ficar amigo de uma pessoa como Jorginho.

Sou um cara ligado em esportes, em transas com o corpo e, confesso, meu sucesso com as meninas não é nada casual. Compenso minha pouca estatura – um e setenta, menos do que queria – com um corpo modelado no fisiculturismo. Sem exageros, é claro. Com cuidado para não chegar àquelas aberrações gritantes de enormes volumes musculares acrescidos em lugares inesperados. Não tenho um daqueles corpos pesados, que parecem remendados, esculturas mal construídas, como se o escultor, após cinzelar a pedra, tivesse se arrependido e acrescentado massas de fora para dentro, sem conseguir um acabamento final harmonioso. Nada disso. Jogo futebol de salão. Um jogo pesado, de macho, mas que me dá leveza e flexibilidade. Para mim, nada mais bonito do que um corpo em movimento. Por isso me amarro no balé, para gozação da turma, que acha coisa de veado. Minha patota sempre foi a do clube, a da academia de ginástica, preocupada com mutretas dos campeonatos, das competições. Não curtia os nerds do colégio. Queria entrar na faculdade de Educação

Física, mas meu pai insistiu na Medicina. Argumentou, com razão, que ali meu caminho já estava preparado. Sendo ele médico, poderia me facilitar muito as coisas.

Curto meus cabelos compridos, arma eficaz nas conquistas. Sentado no bar, um chopezinho à minha frente, olhando desconsolado para a mina que escolhi, é só aplicar o golpe com a cabeça meio caída para a direita, deixo meus cabelos caírem na testa e rebato, então, com a mão esquerda. É tiro e queda, não falha nunca. "Paul Newman dos pobres", os amigos me chamam, e até gosto do apelido.

Talvez por isso me deu um puta cagaço no primeiro dia do trote na Medicina. Sabia que iam me raspar a cabeça. Eu, que não fujo de uma boa e honesta briguinha num bar, numa quadra, cheguei me cagando na faculdade, já com três uísques na cuca – e eram oito da manhã, imagine só.

O desconhecido calouro que estava a minha frente na fila do trote era o Jorginho. Ele estava mais apavorado do que eu. Tremia e suava tanto, a ponto de embaçar seus óculos de lentes grossas, óculos que logo lhe tiraram. Olhava-o assustado enquanto picotavam seu cabelo, pintavam nomes e faziam desenhos em seu rosto em seu torso magro. Ele todo desengonçado, atrapalhado, sem enxergar direito. Senti-me solidário com ele e, ao mesmo tempo, me acalmei. Quando foi minha vez, enfrentei numa boa. Ficamos amigos.

Na faculdade, logo entrei para o time de futebol de salão e gozava junto às meninas do prestígio próprio de um atleta campeão. Os treinos me tomavam muito tempo, e minha turma continuou a ser a dos esportes, ignorada e esnobada pelo pessoal estudioso. Mas com Jorginho continuei a me dar muito bem.

E Jorginho era um cabeça. Era a pessoa mais inteligente que tinha conhecido até então. Um cara por dentro de tudo, que sabia como ninguém as matérias do curso. Era tímido, não tinha amigos. Não gostava de bater papo nos grupos e quando o fazia era para ser o cristo. Aí, toda sua inteligência se evaporava, e ele ficava um legítimo idiota, um bobalhão. Eu, então, entrava em sua defesa, cortando o barato da turma, rebocando-o para fora do grupo. E ele, acabrunhado, ficava reclamando de suas inabilidades, de sua vida, de tudo.

De vez em quando, íamos a um cinema que ele escolhia. Depois, pacientemente, me explicava, comentava, revelando aspectos que eu não conseguira ver no filme. Muitas vezes me emprestava livros e ficava aborrecido quando constatava que eu não os lia. Emburrava, tentava me convencer das excelências do livro, de como me seria enriquecedora sua leitura. Eu não ligava muito e até me divertia com toda a cena. Não entendia seu zelo catequético-cultural comigo. Nunca tive pretensões intelectuais. As únicas coisas que queria era continuar no time, não ir para o banco de reservas, dar minhas bimbadinhas no fim de semana e – depois de me formar – tentar me especializar em Medicina Desportiva ou Ortopedia.

Na época das provas, estudava com várias turmas. Mas isto não era produtivo. Era um papo gostoso, e muitas vezes terminávamos ouvindo discos e no maior porre. Jorginho preferia estudar sozinho. Mas, no final do primeiro semestre, resolvemos estudar juntos em sua casa.

No primeiro dia de estudos, conheci sua família na hora do jantar. A mãe era uma mulher bonita, que chegava com garra aos cinquenta anos. À primeira vista, sua beleza parecia natural, espontânea, estava ali como Deus a fizera. Mas logo se via que ela era a obra-prima de especialistas competentes. O corpo enxuto revelava massagistas, professores de ginástica, cirurgião plástico. Este, então, esmerara-se no rosto lindo, perfeito, com uma pele cheia de frescor, sem rugas. O cabeleireiro fora magistral, conseguindo um tom dourado nos cabelos, deixando-os com uma vitalidade e um brilho absolutamente não-artificiais.

Não esperava nada disso e fiquei surpreso. Ela me pareceu uma dessas mulheres que conhecem suas armas e que as usam com perícia.

— Edite. É uma satisfação tê-lo conosco aqui hoje, Clóvis. Jorginho fala muito de você – disse ela.

— Ah, é? E o que ele diz? Fala bem ou mal? – perguntei.

— Muito bem. Diz que você é um grande amigo, e morre de inveja do seu sucesso com as meninas da classe. Agora entendo o porquê – ela continuou.

Jorginho, que já estava meio sem graça, engasgou-se com a última garfada. O pai, homem grande e pesadão, tossiu na cabeceira da mesa.

— Brincadeira! Jorginho é um gozador. As meninas o admiram muito. É o melhor cabeça da classe – respondi.

— Tenho muito orgulho da inteligência e da cultura do Jorginho. Excedeu nossas expectativas. Mas sempre me preocupei com a saúde dele, sua fraqueza, sua debilidade física. Levei-o a tantos médicos... Sem sucesso.

O pai de Jorginho tossiu forte desta vez e me perguntou se eu tinha escolhido alguma especialidade para o futuro. Mas ela continuava, agora num tom inesperadamente áspero, desagradável, que fez Jorginho quase cair debaixo da mesa.

— Me dá pena, às vezes, vê-lo tão desengonçado, tropeçando nos próprios pés, sem se entender com o próprio corpo. Que cavaleiro da triste figura!

— Ora, vamos, Edite! Que é isso? Jorginho é só um pouco magro, nada mais! – falou o pai.

— Gostaria tanto que Jorginho tivesse um corpo assim como o seu – estes ombros largos, a barriga reta, os quadris estreitos, estas coxas firmes e imagino...

Neste momento, derrubei o copo de vinho tinto no colo, deixando a marca vermelha na cadeira estofada e nas calças, molhando as coxas firmes que dona Edite imaginava e outras partes que temi que ela mencionasse se continuasse a fazer o minucioso inventário do meu corpo.

Ela concluía:

— E imagino que são produto de uma vida cheia de esportes.

— Mil perdões. Que desastrado sou eu! – consegui balbuciar.

— Bobagem. Quer trocar de cadeira? – perguntou ela.

Jorginho e o pai tentavam conversar, mas o assunto não engrenava. Eu estava louco para sair da mesa, ir embora. Sentia-me constrangido, com pena de Jorginho, magro e sem graça. Sacava que a ele só restava mesmo nunca se reconciliar com o próprio corpo, tão distante estava do que seria o ideal para a mãe – inalcançável paradigma, modelo inatingível, motivo de desespero e vergonha para ele.

Depois do jantar, fomos tomar café na varanda.

— Clóvis, sua mãe, o que faz? Vive bem com seu pai, tem muitas amizades? A amizade é uma bênção. Temos muito poucos amigos. Jorge é um homem muito calado, introvertido. Meus poucos amigos, fui perdendo depois de casada. Hoje em dia sou muito sozinha. O próprio Jorge, para mim, depois de todos esses anos, é uma incógnita. Tenho muito medo dele.

— Ora, ora, Edite! O que o Clóvis vai pensar de mim? – tentou brincar o pai de Jorginho, temeroso com os rumos pelos quais a conversa prosseguia.

— Verdade, e você sabe muito bem. Sabe, Clóvis, sou uma criança, tão assustada, sempre precisando de proteção. Quem me disse isso foi o Dr. Abelardo. Foi o único homem que me entendeu. Me dava tantos bons conselhos. Foi para mim muito mais que um médico. Foi um verdadeiro amigo.

Jorginho disse, então, que tínhamos de voltar aos estudos, e não falamos uma palavra sobre o jantar.

As férias de julho chegaram, e Jorginho me convidou para um fim de semana em Campos do Jordão. Fomos no carro dele – a namorada Bete, dona Edite, uma empregada e eu. O pai tinha viajado a negócios.

Chegamos no final da tarde de uma quinta-feira. A casa era um chalé de dois pavimentos no meio de um jardim cheio de hortênsias. Logo planejou-se um *fondue* para a noite de sexta. Dona Edite e Jorginho telefonaram para os vários amigos que estavam na cidade.

Na sexta, pela manhã, Jorginho foi andar a cavalo com Bete, e eu fiquei lendo uma *Veja* no salão, que tomava todo o espaço do andar de baixo, com os quartos no andar superior. Dona Edite me chamou para dar uma mãozinha, pois precisava arrumar alguns armários.

— Poderia pegar a escada no quarto da empregada e trazê-la até meu quarto? – ela perguntou. Quando coloquei a escada ali, ela pediu para segurá-la, temia cair. Ela subiu e, de cima, tagarelava.

— Tenho mania de guardar roupas velhas. Aqui tem um monte delas. Roupas de frio, malhas. São tão caras... Pena que esteja tudo fora de moda. Tanta gente precisando... A cozinheira me pediu alguma coisa para a família. Estou escolhendo umas para dar. Pelo menos ganho espaço no armário – disse.

Ela falava e falava, mostrando-me as peças, dizendo a procedência de cada uma delas, quando e onde comprara, em quais ocasiões tinham sido usadas.

Com isso, ela me forçava a olhá-la de baixo para cima, para sua face. Meu olhar se enroscava em suas pernas vestidas com meias azul-marinho, pernas que subiam para a penumbra de uma ampla saia godê de lã. Tinha ímpetos de acariciá-las, no silêncio do quarto, diante da cama com um edredom de florzinha, mergulhado no cheiro de naftalina e dos sachês de flores, com o calor do aquecedor ligado.

— Chega por hoje. – disse ela, jogando as últimas peças no chão.

— Você está tão quieto! Pensando nas namoradinhas? – perguntou displicente. Sorri sem responder. Voltei para minha *Veja*, embora não entendesse mais as notícias que fingia ler.

À noite, o *fondue* foi animadíssimo. Um monte de gente simpática. Bebemos muito uísque e vinho, e devo ter dormido num dos almofadões perto da lareira, pois acordei ali com o barulho leve de copos tinindo. Vi que na lareira havia fogo novo, com labaredas altas. A sala estava vazia, a festa acabara.

Dona Edite andava na cozinha com um robe aberto sobre uma camisola fina, que mostrava seus seios pequenos e firmes e a nuvem pubiana. Agora não me restavam mais dúvidas e senti um frio na barriga.

— Ah, Clóvis, você ainda está aí? A festa terminou há mais de uma hora. Estão todos dormindo – falou baixinho. – Vim tomar um *nightcup*. Me acompanha? – Ela já vinha com dois copos de uísque.

— Com prazer – respondi, também falando baixo.

Ela pegou o copo com gelo e passou em seu rosto. Um gesto meio cafona, tirado de alguma novela da TV, pensei. Aproximamo-nos devagar e nos beijamos longamente. Só pensava que Jorginho poderia aparecer a qualquer momento.

Ao tocar-lhe os seios, ela respirou pesado e soltou um pequeno gemido quando minha mão deslizou sobre seu ventre. Quando a penetrei, ela deu um grito e me agarrou pelos cabelos da nuca com força. Ela gemia, ofegava alto, o que complicava tudo, era um perigo, uma loucura. As meninas com quem eu transara, e não foram poucas, geralmente faziam amor silenciosamente. Até então, comigo só as putas gemiam com prazer. Assim, achava de mau gosto ou fingimento tais efusões sonoras. Mas, ali, seus gemidos, sua respiração e a minha eram os indicadores do andamento do gozo, guias que me orientavam na exploração de mais prazer, bússolas e detonadores do espasmo último.

De repente, notei o silêncio da sala, da casa. Subi para meu quarto, deixando-a lá, aninhada diante da lareira.

Passei um sábado terrível. Perturbado demais para pensar. Esperava encontrá-la, querendo uma confirmação do acontecido. Quando me levantei, ela já tinha saído para visitar as amigas. Só a vi à noite, quando se combinou a volta para São Paulo no dia seguinte pela manhã. O pai de Jorginho chegava de Brasília e dona Edite queria ir buscá-lo. Ela olhou para mim como se nada tivesse ocorrido.

Não dormi. Esperei-a no quarto. Desci várias vezes para beber água na cozinha, mas ela não apareceu.

Amanheceu gelado. Estávamos com luvas, casacos e levamos mantas para dentro do carro. Na frente, Jorginho e Bete. Atrás, eu, dona Edite e a empregada. Mal nos arrumamos com as mantas nos cobrindo do peito até os pés, dona Edite pegou-me o pinto e não o largou até chegar a São Paulo. Eu, com a mão presa no meio de suas coxas, uma dor nos ovos e temendo gozar e ser traído pelo inconfundível odor no carro fechado.

Foi um alívio descer do carro e correr para o banheiro, em casa. Estava excitado, orgulhoso de minha conquista e me sentindo péssimo em relação a Jorginho. Não teria coragem de vê-lo novamente. Imaginava que desculpas arranjaria para me afastar dele. Estava assim quando Jorginho chegou. Foi entrando sorridente, cordial. Serviu-se de uísque e deixou-se afundar na poltrona do meu quarto. Ficou me olhando zombeteiro, girando o gelo no copo com o dedo indicador. Já me sentia inquieto, quando ele falou:

— Clóvis, agora me conta tudo, tudo. Com detalhes.

Seus olhos faiscavam, expectantes, como se quisesse ouvir uma notícia há muito esperada.

# A ARTE DE PRESENTEAR

Como sempre, o presente estava embrulhado com um papel velho, amassado, com várias marcas de fita adesiva. Quando aberto, a surpresa: uma velhíssima caixa de sabonete Eucalol e, dentro dela, recortes amarelados de jornais e revistas com receitas.

— Não repare, não, meu bem, mas como você gosta de cozinhar, quem sabe estas receitas não estimulam suas habilidades – disse tia Leonora.

Adélia ficou embaraçada, como todo mundo ficava quando recebia presentes de tia Leonora. Mas logo eles se transformavam em piadas e fofocas.

— Você viu o que ela trouxe? Você não vai acreditar – e engrossavam o folclore sobre o assunto.

A família se dividia em duas facções: a que ficava indignada e a que não ligava para os presentes de tia Leonora.

Os da primeira facção achavam que era uma ofensa, sentiam-se ultrajados com aquelas coisas caindo aos pedaços. Pentes usados, faltando dentes, alguns até com cabelos pendurados. Fitas quebradas de gravador, perfumes com um terço do conteúdo original. Livros velhos. Roupas que ela já tinha usado à exaustão. Meias com fio puxado. Velharias em geral. "Seria melhor que não desse nada", diziam.

A outra facção dizia que ela não fazia por maldade e levava na gozação.

Minha mãe era feroz partidária da primeira facção. Eu, sem fanatismos, militava na segunda, o que a irritava, vendo meu posicionamento como uma falta de lealdade, uma traição à sua causa.

Ela não sabia, mas era pior. Eu *curtia* tais presentes. O simples fato de ter tia Leonora guardado aquilo tudo, aqueles trecos, que tinham cheiro de coisa velha, de gaveta de armário mofado, para mim, era um enigma a ser desvendado.

Só podia pensar que aqueles objetos eram testemunhas de momentos especialmente significativos para ela. Teriam ficado impregnados por aquela experiência e guardados por tia Leonora, que deles necessitava para viver, para não os esquecer. Talvez, com o tempo, ela não mais precisasse da prova material daquilo que a tinha marcado, teria ela perdido seu significado, teria sido substituída por outra coisa, ou, quem sabe, a experiência teria sido de tal modo assimilada e integrada por tia Leonora, que o objeto que a representava se tornara supérfluo. Talvez aí, nesse momento, ela resolvesse se desfazer dele, presentear alguém, algum infeliz que calhava de aniversariar nas vizinhanças daquele acontecimento.

Se fosse assim, ela estaria dando pedaços dela mesma, retalhos de sua vida. Penso que ela mesma jamais teria concordado com essa explicação se dela tivesse tomado conhecimento. Ela simplesmente não sabia o que fazia. Obedecia a um mecanismo interno que cumpria ciclos, circuitos que se completavam e esgotavam, e que funcionavam à sua revelia, independente dela mesma.

Mas, se assim fosse, por que ela não jogava fora aquelas coisas, degradados objetos de uso pessoal, sem nenhum valor mesmo quando novos, quando o ciclo estivesse completado? Manteriam, apesar de tudo, um resto de sua antiga importância e algum guardião se fazia necessário para honrá-la? Podia ser. Era aí que um parente ganhava uma velha caneta esferográfica emperrada e com a carga quase vazia. Aos olhos dela, se ela mesma pudesse ver, alguém estava sendo nomeado depositário e protetor de um pequeno tesouro.

Esta tese só a externei uma vez, e quase fui linchado. Mil gozações, "coisa ridícula, poesia de merda, frescuras", gritaram todos. Botei minha viola no saco e não mais a manifestei, embora continuasse convencido de sua propriedade e adequação.

Na festa de Adélia, enquanto uns se divertiam e outros se enfureciam com os recortes de receita, fiquei ali lendo: lagosta à Thermidor, fundo de alcachofra à italiana, merengue holandês, faisão desossado com molho dourado, sopa de tartaruga, trufas à la mode. Dezenas de receitas que, com toda certeza, tia Leonora jamais teria feito e que muito menos faria Adélia, imagina, atarefada com três filhos pequenos, atrás de uma cozinheira para encher o freezer, levando a meninada para o McDonald's, adepta convicta do *fast-food*. Que banquete tia Leonora teria planejado, quem convidaria para aqueles pratos suntuosos? Era difícil imaginar, uma vez que era ela a santarrona que pouco fazia além de suas obrigações religiosas, ressentida com o novo padre de sua igreja, que não lhe dava a mínima, só queria saber dos jovens, das obras sociais e lhe recusava as longas confissões semanais, que mantinha com seu antecessor, por ser partidário da confissão coletiva.

A turma que se enfurecia, os da primeira facção, tinha lá suas razões. Tia Leonora era rica. Dos quatro irmãos, só ela não tinha casado. Ficou cuidando dos pais, que viveram longamente. Os outros pegaram suas partes da herança, casaram-se, fizeram família, ajudaram os filhos. Ninguém vivia mal, mas ela tinha intacta sua parte. Morava na casa de meus avós, com seus altos portões de ferro, o jardim francês, com as árvores podadas geometricamente em esferas , pirâmides, a entrada ladeada por renques de fícus-benjamim.

Temia-se, portanto, o pior. A tirar pelos presentes que fazia, pensava-se que ela não deixaria um tostão para nós, que daria tudo para alguma instituição de caridade, para a igreja, que fizesse alguma loucura desse tipo.

O aniversário de Adélia foi a última aparição pública de tia Leonora. Logo depois, ficou doente e, com seus setenta e seis anos, resistiu só um pouco. Deve ter concluído que já era a hora de ir encontrar os pais, meus avós, de quem, na verdade, nunca tinha se separado. E se deixou ir, sem muita confusão.

Até sua doença, seu quarto tinha sido o *sanctum sanctorum*, lugar onde ninguém podia entrar. Imaginávamos, visto os presentes que dava e que pensávamos que saíam dali, que o quarto devia ser um amontoado de refugos, um ninho de rato. Nos breves dias em que esteve acamada, teve de permitir às cunhadas o acesso a ele, e a surpresa foi geral. É que tudo era muito limpo e não havia nada de estranho ali. Tanto que logo se imaginou que em algum outro lugar devia estar a fonte de quinquilharias. Mas nada foi encontrado em lugar algum. Parecia que, com a caixa de sabonete Eucalol e as receitas, o estoque de tia Leonora tinha acabado. Pensei que isso, de certa forma, confirmava minha antiga teoria.

Outra surpresa: o testamento foi aberto e a turma da primeira facção ficou com a cara no chão. Eles tinham apostado caixas de uísque que tudo ia para a igreja. Estavam enganados. Tudo foi distribuído entre nós, as ações, o dinheiro que tinha no banco, as aplicações, a própria casa e suas preciosidades: os Laliques, a prataria portuguesa, a desfalcada porcelana inglesa, os móveis pesadões.

Última surpresa e, para mim, a única: deixou-me, estipulado no testamento, um peso para papéis, um *millefiori* que tinha sido de meu avô, um querido objeto que eu gostava de pegar, sopesar na mão, sentir sua forma esférica lisa e fria, gozando com sua transparência, com as cores vivas das florinhas em perene primavera. E, também, enrolado em grosso papel pardo, um caderno. Correram todos para ver. Era o diário dela, um caderno de capa dura, azul, escrito até a metade. Arranquei-o das mãos curiosas e voltei a embrulhá-lo no papel pardo.

Em casa, vi que ela tinha escrito nele por apenas um mês, aos vinte e dois anos. Comecei a ler, mas logo parei. Entendi que ela me passava algo que não tinha querido levar consigo, algo que precisava ser sabido e, ao mesmo tempo, mantido em segredo. Algo de que eu era agora o portador e guardião.

Talvez tenha me escolhido porque sabia de meus projetos de, um dia, ser escritor. Meu eu temia a responsabilidade. Temia os efeitos que aquilo poderia ter sobre mim, pois comecei a imaginar que a vida áspera e monástica de tia Leonora, suas bizarrices, suas esquisitices, tudo, enfim, poderia ser decorrência daquele peso, daquele segredo, daquela missão que ela tinha carregado durante toda a vida e que, agora, tinha delegado a mim.

Passado tanto tempo, nunca li o diário. Não poucas vezes o trouxe até a ponte sobre o rio Pinheiros, no intuito de me desfazer dele, e fui contido no último instante por um imenso sentimento de culpa.

Hoje não me deixei impedir. O rio que o leve para longe. Mais um lixo imprestável, as páginas molhadas, grudadas, a escrita para sempre ilegível, borrada a tinta.

Mas não sei se me livrei dele. Às vezes penso que, mais dia, menos dia, nisso que vou escrevinhando pela vida afora, vai aparecer com toda fidelidade aquilo que o diário de tia Leonora registrava.

Suspeito que isso venha a acontecer por sentir que aquilo está escrito dentro de mim, naquilo que é o mais desconhecido de mim mesmo, e que, estranhamente, é o que me faz ser o que sou.

# FALTA DE AR

Era uma daquelas madrugadas frias de São Paulo, quando se sufoca debaixo de três cobertores e o aquecedor elétrico deixa o ar seco e duro.

Numa dessas madrugadas, Paulo acordou sentindo uma dor no lado esquerdo do peito, na ponta do pulmão. Respirava, e ali aparecia uma dor fina, que repuxava como uma fisgada de um pequeno anzol puxando o peixe miúdo e escuro que era ele mesmo, Paulo, que tentava fugir, enroscando-se e se prendendo num emaranhado de locas, de concavidades com águas cheias de pequenos crustáceos. Mal conseguia respirar.

Paulo pensou que era do frio, do ar frio da noite que entrava e feria o pulmão, impedindo a respiração. Em seguida, reconsiderou e achou que poderia ser, sim, do ar quente e faiscante do quarto aquecido, cheio de eletricidade, que dava pequenos choques no pulmão. Viu logo que apenas procurava uma explicação para a dor, e, as que tinha achado, de nada valiam.

Abriu os olhos e veio-lhe uma remota lembrança de adolescência, quando acordava no meio da noite com falta de ar, achando que ia morrer. Parecia-lhe estranho que estivesse respirando automaticamente. Que, sozinha, a máquina do corpo estivesse funcionando quase que à revelia. Acordava assustado, em rebuliço, sem conseguir respirar. Tentava ficar um pouco na cama, mas o quarto parecia pequeno e abafado. Saía, então, para a sacada aberta sobre os telhados da vizinhança, mas o ar, coalhado e imóvel, aumentava o mal-estar. Parecia que algo o espreitava, como se o céu noturno e a escuridão fossem um enorme poço de águas turvas e dele pudesse emergir um monstro como o do Loch Ness, que poderia engoli-lo e submergir de novo em sua profundeza abissal. Ou ainda, ali sozinho na sacada, enquanto os pais e os irmãos dormiam nos quartos vizinhos, pensava que poderia surgir um disco voador que o sugaria para seu interior e, como forma de vida tosca e rudimentar de terráqueo que era, seguramente iria parar num zoológico espacial.

— *Isto me faz lembrar uma passagem do romance* Slaughterhouse-Five, *daquele americano.*

— *É, lembra. Você viu o filme? Acho que foi a primeira vez que vi Valerie Perrine atuando. Nunca mais perdi um filme dela.*

De uma maneira ou de outra, Paulo se imaginava desaparecendo misteriosamente. No dia seguinte todos perceberiam isso e, por algum motivo desconhecido, tal ideia o deixava à beira das lágrimas e com uma falta de ar maior ainda. O último recurso que Paulo tinha no esforço para respirar, já com os músculos do pescoço e das costas doendo, tensos como uma corda de violino,

— *Você lembra, uma vez no Rio, quando fomos ver* Um violinista no telhado? *Que palhaçada. Morri de vergonha. Que te deu naquela noite?*

— *Presta atenção.*

— *Continue.*

era ir silenciosamente ao banheiro, acender a luz e ficar se olhando no espelho. Primeiro o rosto (este rosto assustado, estes olhos grandes, esta boca que se abre, isto sou eu, isto sou eu), tentando coordenar a respiração (um, dois, um dois, um, dois). Depois olhava para o peito (inspira, expira, inspira, expira; será que preciso fazer ginástica, aumentar mais o peitoral, mais o bíceps, o braquial?). Finalmente, baixando o olhar, via o relevo do pênis debaixo do pijama. Tirava a roupa e ficava olhando aquilo tudo num misto de carinho, de horror, de prazer, de orgulho, de vergonha e, num átimo, estava ali a ereção e a punheta sacudida, estonteante, as pernas bambas. Marina, Marina, Marina! Somente então, exausto, esquecido da falta de ar, Paulo voltava para a cama e dormia pesadamente.

*— Marina, hein? Me lembro de uma namorada tua com este nome. É uma homenagem?*

*— Who knows? Talvez a Marina Vlady, que eu gamava. Acho que namorei a Marina só por causa do nome dela, coitada.*

*— Marina Vlady? Eu me amarrava mais na Elizabeth Taylor. Tinha até um álbum com fotos recortadas de* Cinelândia, Filmelândia. *Sabia tudo sobre ela, seus olhos violeta, Eddie Fisher, Debbie Reynolds, Mike Todd, o herdeiro Hilton, Burton, Cleópatra. Aí parei, nem sei por que...*

*— Você não está prestando atenção.*

Naquela madrugada paulista, com o lado esquerdo do peito doendo, fisgando, assustado com a dor e com a clareza das recordações, Paulo foi invadido por um turbilhão delas, de tantas outras lembranças: os pais mortos, os irmãos espalhados pelo Brasil afora, os poucos amigos e, principalmente, a lembrança de Estela e dos filhos que ela levara consigo depois da separação. Naquela madrugada paulista, Paulo foi, praguejando e chorando, mijar no banheiro gelado.

A dor desaparecera por uns dias, mas logo voltou quando Paulo estava trabalhando no escritório. O ar penetrava no pulmão, arranhando numa curva qualquer, tropeçando num desvão, atritando no pulmão esquerdo, lá em cima. Não havia como negar, a dor estava ali. Não podia respirar fundo. Era como se uma faca fina, fininha, entrasse minuciosamente no peito, como se um estilete se insinuasse entre as carnes, deslizando célere, letal.

A dor fez Paulo pensar que o desejo de morrer, tão incompreensível durante o gozo da saúde, adquiria um significado completamente diferente numa situação como aquela. – Que estaria acontecendo comigo? – perguntava-se em pânico quando a dor não mais ia embora, hóspede desagradável e despótica.

— *Acho que está ficando meio mórbido. Parece um caso clínico.*
— *Não enche!*

Na sala de espera do médico, Paulo lamentava estar sozinho. Gostaria de ter ao seu lado Estela, a Estela dos velhos tempos, do começo. Tentava acalmar-se observando o consultório. A decoração era da década de 1950. As velhas poltronas resistiam impávidas, rendadas em pequenos filetes brancos nas dobras do couro ressequido, os móveis pés-de-palito, os quadros das cidades históricas de Minas, velhos e novos números da *Manchete* nas mesinhas, a secretária louríssima, cílios longos e postiços, uma voz intoleravelmente melosa.

— Que papelão, que bobagem! Que estou fazendo aqui? Não devo ter nada. Vai ver é tudo nervoso. Que idiota, meu Deus! – pensava Paulo. Lembrava passagens de *A montanha mágica* ("Castorp e Clawdia, vou juntar-me a vocês") e ouvia, na cabeça, os amados prelúdios dos primeiro e segundo atos de *La traviata* – cadenciados e envolventes, que davam a impressão de uma massa em lento e irresistível progresso, uma sobriedade, um comedimento ordenado, uma contenção logo desfeita nos paroxismos e exacerbações característicos da ópera propriamente dita.

Na sala de espera, ouvindo a secretária atender telefonemas e dar explicações para outros clientes, Paulo assustou-se quando o médico abriu a porta e o convidou a entrar.

— *Pra falar a verdade, esperava algo melhor.*
— *Foda-se.*

# CARTA DE BETIM

Estava voltando das compras, sobrecarregado com sacos de supermercado, revistas e jornais, quando o meu porteiro me deu o envelope. O subscrito mostrava uma letra desconhecida, e o carimbo do selo era de Betim, Minas, onde não conhecia ninguém. Foi o bastante para me aguçar a curiosidade.

Era época de Natal, de mandar e receber cartões, embora sempre tenha me mantido à margem de tal prática social. Talvez porque em casa, quando pequeno, minha mãe simplesmente a considerava uma bobagem, e os poucos cartões que chegavam não eram respondidos. Como sempre, acatei tal posição, achando que, do alto de sua sabedoria, ela só poderia estar coberta de razão. Isso até um primo meu, ao ouvir uma de suas numerosas diatribes contra esta e várias outras "bobagens", dizer calmamente que achava a opinião dela era falta de educação e de traquejo social. Ela se engasgou, perplexa com a ousadia dele, e seu prestígio sofreu um abalo a meus olhos, desencadeando um processo ininterrupto até o presente momento, que fez minha mãe assumir os contornos de uma velha senhora cheia de preconceitos e limitações e, curiosamente, deixando-me saudoso do tempo em que, do Olimpo, ela reinava magnânima e magnífica. O mundo parecia mais seguro e cheio de certezas então.

Assim, ao pegar o envelope, de imediato pensei que seria um cartão de Natal, de algum amigo perdido nas lonjuras de Betim. Sem querer esperar até chegar ao apartamento, com a mão livre, pois a outra carregava os pacotes, levei o envelope à boca, rasguei a ponta com os dentes, e com eles puxei o papel que estava ali dentro e comecei a lê-lo. Imediatamente tive ânsias de vômito e, embora fosse a primeira vez que abria uma carta daquela maneira, prometi a mim mesmo nunca mais fazê-lo, considerando o azar de tê-lo feito exatamente com *aquela* carta. Abri correndo a porta do apartamento, joguei tudo na sala e fui ao banheiro, onde lavei as mãos e a boca com sabonete, escovei os dentes e rebati tudo com uma dose de uísque puro para limpá-la ainda mais e me recuperar do susto.

A carta era um pedido de donativos para um leprosário e vinha manuscrita por uma interna daquela instituição. Eu não conseguia entender uma campanha para arrecadar fundos assim tão desastrada e inábil. Onde estaria com a cabeça quem teve a brilhante ideia de executá-la, sem pensar que, em vez de tocar os corações e mobilizar a culpa nos sadios e endinheirados, que afrouxariam os cordões de suas bolsas para os pobres leprosos abandonados pela sorte e por Deus, conseguiria exatamente o oposto: gerar repugnância, medo, nojo e, consequentemente, rejeição de qualquer inclinação à ajuda?

Tudo isso foi o que despejei sobre minha mulher, mal tinha ela chegado, esbaforida, calorenta, inteiramente mergulhada no frenesi das compras de Natal, às voltas com listas e mais listas, intermináveis discussões sobre a escolha dos presentes para os amigos e parentes. Procurava sempre ouvir minha opinião, e eu muitas vezes não me sentia inclinado a dá-la, não conseguia me interessar. Sou daquelas pessoas egoístas que, quando vão dar presentes, compram como se fosse para si mesmas, convictas que são de seu excelente gosto e que devem espalhá-lo didaticamente para o resto da pobre humanidade. Minha mulher, pelo contrário, tem o dom de lembrar exatamente do que cada amigo gosta, ou precisa, e dá presentes que desencadeiam verdadeiras ondas de felicidade, enquanto os meus, previsivelmente, têm uma gélida acolhida. Mas persisto impávido em minha missão de divulgar o bom gosto entre os selvagens.

Minha mulher não deu muita importância ao fato que lhe relatei, com exceção de se certificar que eu tinha jogado no lixo a carta.

O episódio todo caiu no esquecimento como irrelevante, e devo ter pensado nele umas duas ou três vezes naqueles momentos embaraçosos durante uma reunião social, quando o assunto morre e, para quebrar o silêncio, alguém resolve contar episódios insólitos pelos quais passou. Mas, mesmo ali, minha história não causou grande impressão.

Nos Natais seguintes, voltei a receber regularmente a carta, a ponto de ter ela entrado no folclore familiar e brincarmos, perguntando "Já chegou a carta de Betim?", quando se aproximava o final do ano.

Nos primeiros tempos, pensei que tinham obtido meu nome na lista telefônica. Era esta a opinião de vários amigos a quem tinha consultado, curioso por não terem sido eles jamais objeto de tal correspondência. Mas esta explicação foi invalidada quando me mudei – pois devo dizer que me mudei duas vezes nestes últimos dez anos e sempre para melhor, digo isto indiferente à inveja que este fato certamente vai despertar em certas pessoas, inveja que finjo não temer. Mesmo sem que os novos endereços tivessem saído na lista telefônica, as cartas continuaram chegando, pontualmente, no Natal.

Não podendo mais atribuir às listas telefônicas a escolha aleatória de meu nome, hipótese já difícil de ser mantida pela persistência anual, a única possibilidade restante seria a de que alguém conhecido, que tivesse acesso a meu endereço por outras fontes, deliberadamente me mandasse aquela carta, numa inusitada e incompreensível forma de me cumprimentar pelo Natal.

Esta conclusão me encheu de grande desconforto. A atávica aversão pela lepra, a bíblica imagem de leprosos amaldiçoados, o misto de total solidão e abissal sofrimento associados ao ódio ressentido de alguém que apodrece em vida pareciam agora perigosamente próximos de mim.

Das profundezas do leprosário, alguém se remoía em desespero pela sua própria triste sina e, por um motivo que não conseguia atinar, lembrava-se de mim. Sutilmente, anonimamente, avisava-me que estava ali, pensava em mim, seguia meus passos. Por que agiria assim? Atribuiria a mim alguma responsabilidade em seu infortúnio? Invejaria minha condição de sadio, de ter vida normal, de não ser um pária, de poder conviver com todos?

O passo seguinte foi tentar descobrir este encapuzado. Perguntei a meus pais, meus tios, primos, amigos, se conheciam alguém que estivesse em algum leprosário. As respostas negativas me levaram a tentar resolver sozinho o problema. Imaginei que, se houvesse alguém por lá, estaria inevitavelmente numa das três seguintes categorias: a) corpo médico; b) pessoal paramédico (enfermeiros, auxiliares, burocratas etc.), ou c) os pacientes.

Comecei a fazer listas destas categorias. No começo, tudo ia muito simples e lógico. Na lista a), do corpo médico, coloquei meus colegas de colégio, de faculdade. Na lista b), dos paramédicos, coloquei amigos e colegas menos afortunados, antigas empregadas e filhos de empregadas, afilhados ignorados e desprezados (em minha família, na casa de meus pais, havia uma multidão de filhos de empregadas que eram nossos afilhados). Na lista c), dos doentes, botei todos os amigos pobres de minha infância que moravam na minha rua.

Não sei por que o primeiro suspeito que vislumbrei claramente veio justamente daí. Era o Ezequiel, um menino negro, que fora adotado por vizinhos muito ricos e que se vestia muitíssimo bem, para o desespero de todos os outros meninos da rua, que compensavam a inveja que tinham dele com xingamentos racistas. Era o Ezequiel, sim, era ele sem dúvida. Assim pensei, até lembrar que ele tinha começado a beber pesadamente aos treze e morrera aos dezoito, há muito tempo. Coitado dele, pois minha cabeça continuou insistindo que era ele. Eu me corrigia, lembrando que ele estava morto, mas, logo em seguida, lá estava ele novamente no topo da lista, o suspeito número um.

Entretanto as listas começaram a complicar. Dei-me conta de que tinha feito basicamente uma simplória classificação baseada em elementos cronológicos e financeiros. Minhas relações mais recentes alimentavam a primeira categoria (a) e as mais remotas e pobres, a categoria (c) na qual eu colocara os pacientes. Logo vi que elas eram muito rígidas. Nada impediria que um velho e pobre amigo de infância tivesse enriquecido , o que o faria ingressar na primeira lista , e vice-versa, algum conhecido recente bem de vida tivesse falido e perdido todos seus bens, o que o faria cair na terceira. Esta possibilidade de flutuações desorganizou inteiramente as listas. Minha mulher me ridicularizava ao me ver às voltas com todos aqueles papéis, as listas que fazia e refazia depois do jantar, enquanto ela via as novelas na TV.

Aquilo se transformou numa espécie de obsessão, um jogo de paciência, um *crapaud* em que quase revivi minha vida. Colocando amigos, relembrando pessoas que há muito esquecera, fui recuperando aspectos do passado que estavam sepultados no esquecimento. Além disso, aquela atividade me proporcionava um prazer secreto. Ao manipular as vidas de todas aquelas pessoas, colocando-as naquelas três categorias que pareciam resumir as possibilidades do destino humano, posicionava-me como um deus poderoso, realizando vinganças contra antigas ofensas, recompensando fidelidades, desfazendo injustiças, restabelecendo a ordem.

Não cheguei a nenhuma conclusão, embora não possa dizer, de forma alguma, que as listas tenham sido inúteis. Descobri muita coisa a meu próprio respeito.

Um pouco antes do último Natal, tive que fazer uma viagem de negócios a Belo Horizonte e, quando estava lá, resolvi impulsivamente ir a Betim. Fui direto ao leprosário e pedi para falar com o diretor. Atendeu-me um médico envelhecido que ostentava uma plácida superioridade da qual parecia muito se orgulhar. Estava claro que ele se sentia uma personalidade admirável, abnegada, que tinha renunciado a qualquer pretensão pessoal mundana para poder cuidar daqueles pobres infelizes ali internados e esperava que todos reconhecessem isso. Alegando querer fazer donativos, entabulei conversas, perguntei do quadro de pessoal, do número de pacientes. Ele me deu um folheto com todos aqueles dados e vi que despertaria suspeitas se fizesse perguntas mais diretas.

Ele me deixou com sua atendente e foi cuidar de suas obrigações. Esta, após receber algumas gorjetas, deu-me todas as informações que queria, mostrando-me a lista de pessoal e de pacientes. Mas não havia nomes conhecidos. A atendente, agradecida, também me franqueou a entrada às dependências internas do lazareto, mas não tive coragem de ali penetrar.

Finalmente, no Natal, recebi de Betim uma pequena caixa pelo correio, de cerca de 12,5 cm por 8 cm. Abri sofregamente, e, dentro, enrolado em dois pequenos sacos plásticos fechados com fita adesiva, estava um dedo mindinho, ou melhor, as duas falanges distais daquele dedo. Sujo, escamoso, meio descarnado, com cheiro fétido.

Ele caiu dos plásticos no carpete, e, sem acreditar bem no que via, curvei-me para pegá-lo. Por um instante, com ele na mão, como um pequeno croquete, veio-me o impulso de comê-lo, triturá-lo, roê-lo, moer com meus dentes aqueles dois ossinhos cobertos com aquela carne pútrida, movido pelo susto e pela raiva que me invadiam, num desejo de eliminar de uma vez por todas o filho da puta que me perseguia daquela forma.

Mas coloquei-o cuidadosamente de novo no plástico. Nauseado, fui lavar as mãos. Assustado, pensava que aquele dedo tinha ligação com minha ida a Betim. Eu me aproximara do monstro, o acuara de leve, e ele agora me dava o troco.

Fui até a cozinha, peguei um pirex pequeno, enchi-o de álcool, joguei o dedo dentro, levei tudo para a área de serviço e taquei fogo. Por um triz, a garrafa de álcool não explodiu, pois não pensava que as labaredas iriam subir tão alto e se espalhar em torno do pequeno recipiente, bem próximo de onde o frasco plástico estava. Tenho arrepios só de pensar o que poderia ter ocorrido se as chamas o alcançassem.

Repeti a operação várias vezes, enfrentando o cheiro de carne queimada, até que restou apenas um toco carbonizado. Coloquei-o em cima de uma tábua de servir queijo e, munido de um martelo, martelei-o até pulverizá-lo. Somente então fui ao banheiro, joguei tudo no vaso sanitário e dei descarga. A tábua, joguei fora. Quanto ao martelo, esterilizei-o com banhos de álcool e fogo.

Senti-me aliviado, liberto, como se tivesse efetivamente eliminado a ameaça, o perigo. Não mais viriam as cartas de Betim. Fiquei assim até pensar, com um frio na barriga e me inundando de suor, que havia sobrado muitas outras partes do corpo de onde fora retirado aquele pequeno pedaço de dedo e que poderia recebê-las pelo correio nos próximos tempos, que talvez apenas houvesse se iniciado uma nova etapa naquela espantosa correspondência.

# PROGRAMA

Haviam se atrasado e chegado à peça de muito mau humor. Luís gostava de chegar sempre com antecedência a qualquer compromisso acertado. Márcia não ligava. Por ela, chegariam em cima da hora ou atrasados. Naquela noite, por exemplo, Márcia garantira que conhecia o teatro e que chegariam a tempo. Resultado: extraviaram-se em Higienópolis. O teatro ficava perto do Minhocão. Tiveram de fazer uma longa e nervosa volta pelo trânsito apalermado e lento, submersos na cúpula de monóxido de carbono que pairava sobre suas cabeças, dando tímidas buzinadas, todo mundo já acostumado àquelas interrupções, àquele despreocupado desperdiçar de vida nos engarrafamentos.

Acharam, já no escuro, suas poltronas na primeira fila. Bebiam maravilhados Tennessee Williams: Tom brigando com a mãe, defendendo a pobre Laura, trêmula e tão vulnerável.

No intervalo, levantaram-se para espichar o corpo. O teatro era um minúsculo galpão, encarapitado no alto de vários lances de escada, galgados às pressas, mas que dava para notar o hall de entrada, que lhes pareceu vagamente "luxuoso e decadente", uma categoria um tanto indefinida que usavam para classificar determinados ambientes que ficavam a meio caminho entre o franco mau gosto e uma pretensão envelhecida. Teria veludos vermelhos, espelhos? Seria uma casa do início do século? Tinham certeza apenas do desconfortável das poltronas.

— Mamãe teria odiado vir a um teatro assim como este, não acha? Ela gostaria de camarotes, poltronas e frisas, assim como no Municipal, e de ver as pessoas vestidas "para ir ao teatro". Será que estou sendo maldosa com ela?

Márcia olhou para Luís, esperando uma resposta, mas ele ainda estava ouvindo, emocionado, os diálogos da peça. Lamentava o intervalo, achava que ia quebrar o clima para o qual se havia transportado e interromper os pensamentos que lhe ocorriam. Pensava que aquela beleza toda das falas no texto se chocava com o barulho dos atores no palco, o qual ouvia por estar tão próximo, na primeira fila. Barulhos não ligados ao texto, mas adventícios e circunstanciais, decorrentes da encenação. Atores de carne e osso, mais ou menos pesados, que faziam ranger as tábuas do assoalho do palco – que salientavam pequenos defeitos da carpintaria, como as portas que não se encaixavam bem. Considerava, enfim, a discrepância entre a obra e sua realização. Tudo isto fazia Luís refletir sobre o inefável da arte, tornando-o um tanto perplexo. Dever-se-ia, então, apenas ler a peça num livro, ou a beleza específica do teatro está justamente na encenação? Achou que estava pensando obviedades. Abandonou tal raciocínio, mas, para manter o clima, pensou que os atores no palco seriam demiurgos, repetindo um obscuro rito a eles estranho e deles independente, veículos de algo maior.

Assim estava Luís. Sem vontade de conversar, numa tentativa de preservar o que sentia e que, em vão, procurava articular com clareza. Policiava-se para não parecer meloso e jamais partilharia essas reflexões com alguém. Não se permitiria tais derramamentos, já que odiava ouvi-los de terceiros, quando então os classificava de "frescuras", "bichices". Não acreditava que as pessoas fossem verdadeiras em seu amor à arte. Achava que apenas faziam gênero, posando de "sensíveis". Luís achava que, se de fato sentissem como ele, teriam a mesma atitude – o sentimento era tão forte, provocava um tal envolvimento, que o enchia de pasmo e de pudor. Era algo que beirava o inominável, o não codificável. Naquele momento, por exemplo, procurava não demonstrar nada do que pensara e sentira à mulher. Seu rosto a olhava, afável e risonho.

Com o silêncio do marido, Márcia duvidou se repetiria seu comentário. Ele poderia esperar que ela dissesse algo mais condizente com o momento, mais "inteligente". Quem sabe ele estivesse pensando na peça, ele que gosta tanto de Tennessee Williams. Já estavam de pé olhando displicentemente a pequena plateia, que começava a se deslocar para o *foyer*. Os dois se sentiam bem-vestidos e elegantes. Luís escondia de si mesmo fato de ser baixo, atarracado, o que lhe valera, no ginásio, o apelido de "chato" – provavelmente em todos os sentidos da palavra. Márcia, magra e sempre na moda, só desgostava de ser mais alta que Luís. Não formavam um casal bonito.

— Além de tudo, é baixinho – dizia sua mãe. Pretendia assim dar o golpe de misericórdia e colocar ponto final nas longas perorações que costumeiramente tinha com a filha, quando enumerava os defeitos de Luís. Queria evitar o casamento. Desde que Márcia conhecera Luís, passara a ler muito e – o que era pior – a participar de passeatas de estudantes. O comunismo andava à solta. Nas reuniões do Lions, um coronel havia feito um apelo aos pais para que impedissem os filhos de participar das manifestações. Insinuava que lares desfeitos e famílias infelizes eram o ninho onde os comunistas procuravam filhotes.

A mãe de Márcia comparecia muito a contragosto aos jantares do Lions. Achava-os "paulificantes", como costumava dizer: sempre a mesma comida, o mesmo clube, as mesmas pessoas e o mesmo terrível discurso final, quando ela tentava disfarçar o sono, embora outras "domadoras" e até mesmos "leões" frequentemente dormissem a sono solto. Gostava mais de ir ao clube, sentar-se na mesinha perto da piscina, beber uma Coca, pensar na vida, no casamento das filhas. Era, então, sobressaltada pela lembrança de Luís, inteligente e mordaz, que a deixava insegura, meio intimidada. Achava que ele devia ser comunista. O pai de Márcia não ligava muito: "Bobagens, minha velha." Como tinha fé cega no marido e em suas opiniões, terminou por se acostumar à ideia do casamento de Márcia e Luís.

Sub-repticiamente, Luís e Márcia comparavam-se aos outros espectadores do teatro. Não se sentiam muito à vontade com isto, especialmente Luís. Parecia-lhe bobo, ridículo, pequeno-burguês, algo que seria típico de sua sogra, tão bem lembrada por Márcia minutos antes.

Observava a fila de poltronas imediatamente atrás da sua, onde havia vários remanescentes hippies e congêneres, com suas monótonas roupas "originais", jeans e coletes. As mulheres do grupo com enormes cabelões encaracolados e, na face de todos, estampada a doçura que pareciam obrigados a ostentar, especialmente agora na peça. Mais adiante, via alguns rapazes afetados, o que lhe fez pensar sobre a sexualidade deles. Fixou então alguém lá atrás, que acenava freneticamente e gritava por Márcia. Era Zélia.

Apontaram-se à saída do *foyer* e foram lentamente deixando-se levar para fora. Naquela pequena multidão havia uma discreta fraternidade, uma comunhão, e a proximidade de corpos era agradável. Havia como que um voto de confiança mútuo, um sentimento de que ali, naquele momento, estavam todos a salvo.

No pequeno hall totalmente revestido por uma forração preta, do chão ao teto, mergulhavam numa grande fumaceira de cigarros. Lá estavam Zélia, seu marido Pedro e mais dois casais: Léo e Sônia, e um outro que não conheciam.

— Oi, oi, oi, tudo bem? Há quanto tempo! Como vão as coisas? E então? – As mulheres se beijavam, os homens davam-se as mãos, trocavam palmadinhas nos ombros e nas barrigas já protuberantes.

— Léo, como vai o trabalho? – perguntou Luís.

— Tudo bem, e o seu? Soube que deixou o emprego e está só no escritório agora. Que bom, não?

— Vai-se indo! Vai-se indo! – respondeu Luís, satisfeito e orgulhoso. Eram ambos advogados, haviam estudado juntos e Luís sabia que Léo não deixaria de invejá-lo neste momento.

Léo avaliava, atrás de seu rosto magro e da barba preta, Luís e Márcia, e pensava: – Pô, eles devem estar bem. Quanto será que estão ganhando? Estes casacos... Teriam comprado na Argentina?

Sônia apresentava o outro casal:

— Rosário e Isac, amigos nossos. – Ele, um judeu meio calvo, apesar de jovem, que tropeçava suavemente em alguns grupamentos consonantais e ela, uma morena bonita com sotaque portenho.

Zélia falava muito alto e ria muito, dizendo várias coisas ao mesmo tempo.

— Pô, que legal a gente se encontrar aqui. Se tivéssemos combinado, não teria dado certo. Adoro vocês. Que sorte! Vamos jantar depois daqui? Que peça maravilhosa! Meu Deus, que fumaça incrível! Olha o câncer de pulmão! Esta poluição é o fim.

O grupo procurava segui-la e mostrar-se à altura de seu estado de ânimo, mas o tom de algo forçado que usava cansava a todos. Os risos imobilizados nos rostos de cada um faziam com que os músculos protestassem, doendo.

— Pô, já estou há trinta, t-r-i-n-t-a dias sem trepar – disse de repente Zélia, prosseguindo em sua animação. – Estou seca, me roendo por dentro, não aguento mais.

Houve surpresa e mal-estar no grupo.

— Meu maridinho está com uretrite, um treco que não sara – acrescentou, quando já se sentiam embaraçados pela confissão, pelo tom de voz muito alto, audível certamente para todos os outros que apinhavam o *foyer* e por ser ela feita na presença do marido.

— Já gastei uma nota em antibióticos e não adiantou. O médico disse que era um micróbio resistente, não entendi muito bem – falou Pedro, o marido, sem graça.

Pedro era muito calado, não gostava de se expor. Naquele momento odiava Zélia por achar que ela dava a entender que os dois não iam muito bem no casamento, o que era dolorosíssima verdade. Mas Pedro preferia resguardar-se, pelo menos naquele momento, enquanto não tomava uma decisão.

— Mas que falta que faz, hein, gente! – voltou Zélia a falar, inquieta.

Enquanto não se sabia qual era o motivo da abstinência sexual de Pedro e se suspeitava que problemas escabrosos poderiam estar presentes, todos se mantiveram expectantes. Quando ouviram o porquê, sentiram-se livres para fazer brincadeiras com Pedro.

— Você devia tomar Ereton. Essa desculpa de uretrite não dá. Tá broxando, cara? – falou Luís.

— Não é nada disso – disse Pedro. – Que diabo é Ereton? Alguma cantárida modernizada? Não tô broxa, rapaz!

— Você não viu a propaganda? É o "aditivo" do homem.

— Ah, é? Que coisa essas propagandas, não? Deviam exercer um controle maior sobre isso – tentou contemporizar Léo.

— Você não viu o outdoor que tem por aí? Ali na Consolação, vindo da Paulista para o Centro, parece um puta pênis, um negócio grandioso, em ascensão – voltou Luís.

— Eh, Márcia! Você precisa cuidar de seu marido. Olha ele falando de um pênis em ereção com água na boca – disse Léo.

— Pessoal, licencinha, vou lá para dentro, me sentar um pouco, estou cansado – Pedro falou e foi-se, pensando que seu pai o desaprovaria, como sempre, se tivesse estado presente durante toda aquela conversa boba e vexatória, provocada por sua própria mulher. Desaprovaria também a ideia de uma separação. Tinha sido sempre assim. O pai sempre o desaprovava. Queria que Pedro seguisse suas pegadas. Não tolerava divergências. Brigavam, e Pedro sempre terminava por achar que o pai tinha razão. Apesar da dureza do pai, ele o amava muito, bem como à mãe, calada e carinhosa, imersa em intermináveis jogos de cartas, em reuniões com amigas.

— Você viu o que fez com o Pedro? Sacanagem! Ele ficou todo encabulado. Você devia saber como é seu marido, pra deixar dessas conversas – disse Léo para Zélia, enquanto imaginava se não havia algo mais entre os dois. Achou que não havia tanta gravidade no que Zélia falara, para aborrecer Pedro de tal forma.

— Você acha? Coitadinho do meu marido. Tá tão preocupado e cansado. Ah, mas deixa para lá! Eu agora estou numa de autenticidade. Falo o que me dá na telha, quem não gostar, que se mande.

Novamente suas palavras criaram um vazio, um mal-estar. Os amigos ficaram em silêncio.

— Mas não vão pensar mal de mim. Estou numa fossa danada. Tô só querendo despistar.

Todos sentiram que era a pura verdade. Se continuasse, por pouco que fosse, Zélia iria chorar. Foram salvos pelo toque do recomeço do espetáculo. Embora fosse a primeira chamada, apagaram os cigarros e combinaram encontrar-se no final, para jantar.

Na poltrona, Zélia pensava como gostaria de ter ainda seus pais vivos. Imaginava que sua mãe, sábia, amiga, iria dar-lhe excelentes conselhos e a receita para acertar seu casamento. Nesses momentos, esquecia-se por inteiro de como sempre fora difícil conversar com a mãe e de como sempre ocultara dela os fatos de sua vida. Na época em que a mãe morreu, Zélia namorava Roberto, cafajeste vizinho seu, de quem sua mãe tinha pavor.

No palco, os artistas transmudavam-se, incorporando o espírito de Tennessee Williams, como pensava Luís. E, quando, afinal, Tom fez a promessa e a confissão de culpa em relação a Laura – "fui mais fiel do que me imaginava capaz, Laura. Nos recantos do mundo, por onde andei, nas vitrinas onde vi teus bichinhos de vidro, me lembrava de ti e me sentia culpado" –, a plateia, atônita, ficou em silêncio por um minuto, enquanto baixavam a cortina. Aí vieram os aplausos.

Luís estava com um nó na garganta, lembrando de sua casa, dos pais separados, das brigas constantes entre eles e da saudade infinita que sentiu com a partida do pai, lá pelos seus dez anos. Sentia-se desarvorado, envergonhado, infeliz, queria morrer. Terminou perdendo o ano na escola. Brigava com a mãe. Achava que ela era culpada por seu pai ter ido embora. O pai vinha visitá-lo e ao irmão de vez em quando. Quando chegava, ele queria contar-lhe tantas coisas... Esperava que o pai perguntasse qualquer coisa da escola, dos colegas, algo que demonstrasse que sentia falta dele. Dias antes da visita, imaginava mil coisas que conversariam. O que mais gostava era de pensar que o pai iria convidá-lo para morar com ele. O pai chegava e parecia aéreo e confuso. Trazia umas balas e o olhar perdido. Perguntava se estava tudo bem e logo ia embora. Luís esperava a próxima visita, sempre a próxima, até o dia em que soube que o pai estava morando com outra mulher e o dinheiro começou a faltar em casa. Luís, então, aderiu inteiramente ao partido da mãe e passou a devotar uma raiva imensa ao pai. Raiva que foi desaparecendo até o quase esquecimento de que tinha pai, o que lhe era lembrado nas visitas – evitadas ao máximo – à mãe, sempre lamurienta, infeliz, sozinha com suas samambaias e avencas.

Emocionado, Luís evitava o olhar de Márcia enquanto se levantava e batia palmas. Viu de soslaio que Márcia chorava.

— É fogo, hein, filha! Que coisa! – conseguiu dizer para a mulher.

— Maravilhosa a peça – disse Márcia.

Procuravam recuperar-se enquanto saíam. Luís desejou que os outros não estivessem esperando-os para jantar. Queria voltar para casa.

Lá fora, na calçada, começaram as negociações.

— Como é, vamos todos? – perguntou Léo.

— Para onde? Mas que peça, gente! Ainda estou em estado de choque. E vocês? – perguntou Zélia, com a cara desfeita, vermelha. – Estou tão boba para chorar ultimamente!

Zélia durante a peça chorara, imaginando como estariam seus filhos daqui a alguns anos. Ela estaria separada de Pedro? Estaria com um outro cara? Trepando adoidado por aí? Sozinha? E os filhos? Já agora, Mirianzinha estava tão nervosa! Será que ela notava alguma coisa? Sentia-se confusa. Ora queria sair, "libertar-se", ora se assustava, horrorizava-se com tais pensamentos.

Márcia intuiu que Zélia realmente não devia estar bem com Pedro e disse:

— É, Tennessee Williams é maravilhoso!

— E então, gente, vamos conversar num recinto fechado? Vamos tomar vinho, está frio demais aqui – disse Luís.

Muitas sugestões foram dadas, e venceu a de Isac, talvez por ter ele estado calado até então e essa ser uma maneira de aceitá-lo e incluí-lo de fato no grupo. Disse ele:

— Vamos ao Côte Basque? Tô a fim de curtir uma cozinha francesa hoje. É lá em Santo Amaro. A gente se encontra no Borba Gato, tá?

Brilhando um pouco no lusco-fusco da noite garoenta, Borba Gato escutava impassível os insultos que lhe eram dirigidos.

— É um monstrengo, né? – disse Sônia.

— Horrorosa, uma mostra da arte promovida pela burocracia do estado, um equívoco. Como fazer uma estátua desta hoje em dia? – falou Pedro.

— Muito acadêmica, extemporânea. Ainda mais recoberta de pastilhas! – concordou Léo.

De certa forma, todos se manifestaram contra a estátua, enquanto esperavam, ali na rua, que Isac chegasse para orientá-los até o restaurante. Luís escutava sem participar. Olhava o Borba Gato e se perguntava onde estava o horror. Era uma bonita estátua, forte, imponente. Achava que todos estavam repetindo críticas ouvidas ou lidas algures, que não eram sinceros, pois, no fundo, aquela estátua lhes era indiferente e, provavelmente, diante de um projeto não "acadêmico", não "extemporâneo", mais "moderno", como diziam, teriam ficado apáticos, já que, essencialmente, isso não lhes tocava de perto. Apenas afetavam uma atitude. Luís gostava da ingenuidade e fidelidade da estátua, que via como um imenso ex-voto. O Borba Gato estava ali como uma gigantesca oferenda aos deuses da cidade, feita – na expectativa de deixá-los benevolentes – pelas legiões de miseráveis e aventureiros que chegam incansavelmente a São Paulo, num pedido de realização de sonhos variados, desde modestos anseios por uma vida melhor até as mais loucas e ambiciosas fantasias de fama e riqueza. Achava o Borba Gato muito mais próximo do povo que as belas e olímpicas figuras de Brecheret. Mas não seria esta uma postura elitista? O povo desinformado deve continuar assim? Como contrapor Borba Gato a Brecheret, a "boa" arte e o povo?

— Acorda, Luís, vamos – disse Márcia, mostrando que todos já saíam para o Côte Basque, ali perto.

O restaurante estava fechado quando lá chegaram. Isac explicou para os já enfastiados presentes que devia ser porque o restaurante era propriedade de um homem que o mantinha como hobby, cozinhando quando tinha vontade. Isac sentia-se muito chique ao dizer isto, era o sofisticado frequentador de restaurantes exclusivos. Imaginava qual o efeito que teria surtido nos demais seu carrão importado, do qual tinha tanto orgulho, quando o comparava aos carros nacionais dos outros que estavam ali.

— Pô, que saco. Decidamos rápido, senão caio no sono aqui mesmo. Qual o restaurante mais próximo daqui? – perguntou Pedro.

— Tem outro, o "Holandês Voador", aqui pertinho. Vamos para lá – disse Léo.

Pedro lia as críticas a restaurantes nos jornais e sabia que o Holandês Voador era um restaurante indonésio (Indonésia, ex-colônia da Holanda?). O nome era uma referência a alguma lenda de um navio voador. – Não é mesmo? – perguntou a Zélia, que não sabia, o que o deixou irritado.

Escuro, iluminado à luz de velas, mesinhas de quatro lugares ocupadas por casais, o Holandês Voador era um lugar apropriado para encontros românticos.

Juntaram mesas, sentaram-se e, quando o *maître* lhes trouxe o cardápio, houve um consenso mudo em não se pedir um vinho muito caro. Léo, que sugerira o restaurante, ciceroneava os demais, com a assessoria do *maître*, por entre o exotismo dos pratos.

Quando os pedidos foram feitos e o vinho tardava a chegar, instaurou-se na mesa um silêncio, algo constrangedor. Que estariam fazendo todos ali? Por que estavam juntos? Alguma coisa inarticulada, muda e pesada, incômoda, infiltrava-se. Alguma coisa a ser combatida, pois, caso perdurasse, abrir-se-ia a possibilidade de conversas reveladoras, alguma coisa pungente, o pensar sobre suas vidas, seus planos, seus projetos, os escondidos desejos de cada um. A possibilidade de confidências e de um contato mais sincero no grupo se manifestava com toda a plenitude e potencialidade e foi afastada definitivamente por Zélia:

— Gente, ontem vi um negro maravilhoso. Esguio, alto, parecia uma figura de outro mundo. Vocês não acham a elegância dos negros uma coisa?

O grupo não deixou escapar a deixa que Zélia trouxera e se pôs a tecer considerações a respeito do povo negro, dos negros africanos, dos negros brasileiros. Lamentavam-se os percalços e humilhações sofridos pela bela raça brutalizada. Zélia não gostou do rumo que a conversa tomava e contra-atacou:

— Dizem que os negros têm um pau enorme, né? Eu bem que gostaria de trepar com um "negro do pauzão". Um adolescente negro, atlético, bonito, do pauzão. Seria uma boa, né, Márcia?

Márcia achou vulgar, agressivo e inadequado o comentário de Zélia. Parecia um ataque a Pedro, uma indireta, um dizer que ele não a satisfazia sexualmente. Sentiu-se colocada no meio da disputa entre os dois e tomou o partido do lado ofendido. Para descaracterizar o que lhe parecia ser uma ofensa a Pedro, endossou por completo a opinião de Zélia:

— Claro, é sempre bom variar um pouco – disse pouco segura do efeito de suas palavras, que sentia soarem falsas, deixando claro seu mal-estar.

Quando Zélia falou em "negro do pauzão", os homens não se sentiram muito à vontade. Relutantemente se viram nus, olhando seus próprios pênis, numa comparação de tamanhos, e se interrogando se suas mulheres estariam "satisfeitas". Isac, circuncidado, pensou: -Será que vai sair alguma piadinha com pau de judeu? – e procurou mudar de assunto.

— Luís, você trabalha em quê? – perguntou Zélia.

— Advocacia. Assessoria em direito fiscal – respondeu Luís. Queria caracterizar sua condição de profissional liberal, não empregado, vivendo do escritório próprio, dono de suas ventas. Também ao especificar "direito fiscal", esperava que Isac, homem rico, estivesse por dentro das grandes trapaças fiscais, das grandes jogadas para lesar o fisco que armava para seus assessorados, sentindo-se vagamente culpado em ajudar as multinacionais a "sangrar a pátria", como às vezes pensava.

— E você? – perguntou Zélia em direção a Isac.

— Ah, eu faço a noite! – disse ele, tirando do bolso do colete uma frase pensada, depurada, estudada com grande afinco para usar em situações como esta. Misto de vaidade (queria que a entendessem como "sou rico e vivo de rendas") e de sentimento de inferioridade (sentia-se um inútil, sem uma profissão, sem um trabalho que o autorizasse a estar ali à noite, jantando após o teatro, como um merecido lazer no fim de uma jornada árdua). Sem saber por que, Isac lembrou que os pais estavam em mais uma de suas intermináveis viagens, que ainda hoje o afligiam muito, fazendo-lhe lembrar de viagens anteriores, quando ficava nas mãos da governanta, do motorista, das babás. Sentiu-se de repente sozinho no mundo. Teve vontade de chorar, mas riu quando ouviu alguém do grupo lhe dizer:

— Felizardo!

Era Pedro, satisfeito por terem tirado a palavra de Zélia. Temia suas indiscrições. Estava envergonhado por toda a situação que ela provocara. O garçom havia trazido o vinho, ele o provara, autorizando-o a encher os copos de todos. Com isto, ganhava tempo, procurando desesperadamente algo para dizer, para mostrar-se descontraído, relaxado, para demonstrar indiferença em relação à Zélia. Só lhe ocorreu falar sobre sua viagem à Europa, dos vinhos que tinha bebido lá, mas já tinha contado a mesma história a todos, várias vezes. Permaneceu calado, infeliz, esperando a próxima de Zélia.

O grupo agora se dividia francamente em duas facções. De um lado, Sônia e Márcia falavam das crianças, de como estavam nas escolas, o eterno problema das empregadas. Luís e Léo participavam do assunto.

Do outro lado, Zélia monopolizava a conversa com Rosário, Isac e Pedro. Falava de suas férias, quando foram – ela e Pedro – para Buenos Aires e Bariloche. Falava da Rua Florida e do comportamento dos brasileiros – "vândalos". Fugiram do programa organizado pela agência de turismo e foram curtir a "verdadeira e oculta" Buenos Aires. Esperava a aprovação de Rosário, procurando não ser confundida por ela com meros turistas predatórios, em sua ignorância e furor aquisitivo. Rosário, entretanto, manteve-se inescrutável atrás de seu sorriso cortês. Consciente de sua beleza, ela afastava, em gestos estudados, os cabelos longos e pretos, cheios, em grande massa, desnudando a orelha bem-feita, onde estava preso um grande brinco de ouro, com o qual brincava. Filha única, mimada, aceitava desleixadamente a corte que Isac lhe fazia e aborrecia-se horrores ali. Não teria vindo se pudesse ter escolhido.

Zélia viu que daquele mato não ia sair coelho. Desistiu de Rosário e enturmou-se no papo sobre criança:

— Ah, o Luís faz assim? Sorte sua, minha filha, porque o Léo só me atrapalha. Você acredita que ele chega tarde, o Fredinho está dormindo e ele vai acordar o menino? O pobre fica excitado, e depois eu que tenha saco para botar ele pra dormir de novo – dizia Sônia. Ela fazia o gênero ultrapassado de hippie de luxo, cabelos encaracolados e um sotaque nordestino postiço, que achava o máximo. Costumava dizer que a ir para a Europa, preferia mil vezes ir para a Bahia: – O pessoal lá é mais gente, um povo mais humano, mais quente.

Quando a comida chegou, Luís iniciou uma digressão sobre a pretensa peculiaridade das comidas típicas. Haveria realmente grandes e fundamentais diferenças entre aquela comida, com seus molhos de curry, e a, digamos, baiana? Mas a fome silenciou a argumentação cedendo lugar à curiosidade, o beliscar do prato do vizinho, o conhecer cada prato pedido.

— Faz favor de não comer muita cebola. Depois você fica soltando gazes terríveis, e eu não aguento – disse Sônia para Léo.

— Quer dizer que Léo é assim? – perguntou Márcia, para não parecer esnobe e antipática, mas achando aquelas pessoas definitivamente insuportáveis, vulgares.

— Ah, esse cara é terrível. Só eu sei o que aguento dele. Come demais e depois fica se lamuriando de indigestão. Quer remédios, passa mal. Ih, minha filha, é um saco! – continuou Sônia. Léo enfrentava o olhar de todos com um sorriso amarelo, sem graça, meio acabrunhado.

— Esse cara só me dá trabalho. Eu já devia saber disso. Na primeira vez que fomos transar , antes de casar, eu numa de pavor, no maior mistério e expectativa, sabe o que aconteceu? Ele esqueceu a chave do apartamento que tinha pedido emprestado, pode? – Sônia falava rindo, mas havia um tom de raiva incontida, inesperada, que fez Luís achar que os dois não estavam bem. Lembrou-se do que acontecera entre Zélia e Pedro e ficou penalizado com todos. Olhou para Márcia e sentiu-se grato a ela por manterem um pacto seguro, por não se despirem em público, por se amarem, por se protegerem.

— Por que nossas mulheres sempre nos servem à mesa, quando estamos numa situação como esta? – perguntou Léo a Pedro. Tinha um ar brincalhão e escondia o ressentimento, o desalento, o cansaço. Pagava caro o golpe do baú que dera. Tinha que tolerar os destemperos e a indômita vontade de Sônia, que não perdia a oportunidade de humilhá-lo.

Após o café e licores – Grand Marnier e Cointreau nacionais –, saíram e, lá fora, Zélia aceitou o convite de Rosário e Isac para esticarem a noite numa boate, apesar da recusa de Pedro.

Despediram-se uns dos outros e foram para seus carros. Pedro, sozinho no seu, ficou por um longo tempo acelerando com fúria e estardalhaço para aquecer o motor.

# NA DELEGACIA

Não era a primeira vez que o delegado atendia ali uma figura conhecida a fazer queixas, dar depoimento, essas coisas. Mas nenhuma tão importante e famosa como o cantor sentado à sua frente. Sua presença provocava grande agitação na delegacia, nas equipes que estavam de serviço e demais funcionários. Na rua, uma pequena multidão, a televisão, jornalistas.

— Como uma figura pública como o senhor, um cantor tão conhecido, faz um negócio desse, uma baixaria, um tamanho tumulto? O senhor não precisa desses expedientes para aparecer na imprensa, tem seu lugar mais do que estabelecido. Não vê que praticou atentado ao pudor, incitou a pornografia, dá mau exemplo à moçada? – O delegado pesava as palavras, tinha de ser cuidadoso, não queria encrencas. Imaginava que logo mais receberia telefonemas, chegariam os advogados e o cantor seria levado, nunca mais o veria pessoalmente. Queria usufruir o momento, já se via contando a história para os amigos, que estariam curiosos para saber todos os detalhes.

— Por favor, não me chame de senhor, que é isso? Não me leve a mal, não quero ser desrespeitoso, mas acho que o senhor está equivocado, não foi bem assim. Não sei se teremos tempo, se o senhor está disponível, ou mesmo se meu advogado não chega e me tira daqui, mas gostaria de lhe explicar o que aconteceu. Foi uma situação muito especial, única. Ainda estou num maior barato, excitado, tomado pela energia que senti. Preciso lhe contar, quero dar minha versão dos fatos.

O cantor falava rápido, nervoso, suava muito. Pediu uma cerveja, mas lhe deram água, e ele começou a falar, sem esperar a resposta do delegado.

— Quando comecei, há tantos anos, pensava que tudo ia ser muito diferente. Achava, por exemplo, que com o tempo eu ia me acostumar e que subir no palco seria algo fácil, fácil. Cantaria com a maior tranquilidade. Mas não foi assim. Depois de todos esses anos, parece sempre como se fosse a primeira vez. Fico nervoso, assustado, apavorado, achando que não vou conseguir. Sei exatamente o que vou fazer lá na frente. Todas as músicas são minhas, conheço elas como ninguém mais. O pessoal da banda é meu amigo, nosso entrosamento não poderia ser melhor. A gente ensaia até a exaustão, sou perfeccionista. Nos esforçamos para que nada dê errado. Mas não consigo entrar a seco no palco. Chego ao teatro uma hora antes da apresentação, me tranco no camarim e não quero conversar com ninguém. Dou umas puxadinhas de maconha, umas doses de uísque, muitas vezes uma cafungada. Nesse momento antes do show tenho sempre os mesmos sentimentos confusos. Vejo o cantar não como um prazer, mas, sim, como uma exigência que me esmaga, que temo não cumprir. Ali fora está uma pequena multidão que veio de diferentes lugares da cidade, pessoas que querem ver o cantor-compositor que já conhecem há tanto tempo do rádio, da TV, dos discos e, às vezes, de shows anteriores. E eu tenho de cantar. Não posso decepcionar eles. Me dá um ódio ter que provar mais uma vez que sou um bom cantor, depender da aprovação deles, eles que nunca ficam satisfeitos, convencidos. A cada espetáculo, minha reputação está novamente em jogo. Me sinto exigido, cobrado. Tenho vontade de deixar tudo, de fugir, desaparecer. Fico me perguntando por que tenho que ter este tipo de vida. Sinto-me desamparado, minha vontade é ser criança de novo, nos braços de minha mãe. Ao mesmo tempo, me sinto culpado por não estar com meus filhos, não lhes dar mais tempo. Por me doar por inteiro para estes desconhecidos e não para os que me amam de verdade, mais de perto, mais a mim?

O delegado escondia seu interesse atrás de discretos bocejos.

— O senhor já ouviu falar de Nijinski? – perguntou o cantor.

Frente a sua negativa, o cantor continuou:

— Uma noite, no auge da fama, ele chegou no palco e falou para a plateia que o esperava: "Hoje vou fazer o maior espetáculo da Terra." A plateia, satisfeita, o seguia expectante. Nijinski, então, pegou uma cadeira e se sentou imóvel, olhando as pessoas à sua frente. Durante muitos minutos, a plateia e Nijinski se olharam intensamente, até que ficou claro que ele não dançaria. Nijinski não dançou naquela noite nem em qualquer outra. Foi levado dali direto para o hospício, de onde nunca mais saiu. Sabe-se lá por que agiu assim, porque disse que ia fazer o "maior espetáculo da terra", mas eu tenho uma hipótese. Acho que ele estava cansado de dançar, de ter que dançar, de ter que mostrar mais uma vez que era o gênio da dança, para, somente assim, receber os aplausos. Ele queria receber o amor do público, o aplauso, sem ter que comprá-lo com seu esforço, com sua dança. Queria-o incondicional, generoso, gratuito. Cansara de ter que provar que o merecia. Simplesmente o queria e estava ali para recebê-lo... Falo de Nijinski, imagino isto porque eu mesmo, trancado no camarim antes de subir no palco, me sinto assim. O ódio de ter que cantar. Também ali no camarim, esperando entrar em cena, repasso os pesadelos frequentes que me assombram, para me certificar de que são, de fato e apenas, pesadelos, que são desastres que não aconteceram e que provavelmente não acontecerão. São dois os mais comuns, com infindáveis variações. Num, é dia de estreia e a plateia está quase vazia, um fiasco. Tento tocar a guitarra e cantar, mas não consigo, por mais que me esforce. No outro, após receber ameaças de morte, canto atrás de um vidro protetor no palco, como se estivesse dentro de um grande aquário. No meio do espetáculo, um louco se levanta e atira. O vidro se parte em grandes pedaços que despencam em cima de mim, me cortando todo. Me reasseguro de que são apenas sonhos terríveis, que não devo temer que ocorram na realidade, tudo vai dar certo, não tem por que não ser assim. Tento pensar que sou um cara de sorte, que consegui subir como poucos, que realizei meus sonhos mais impossíveis, que pago um preço por isso, mas que os ganhos são compensadores.

O delegado dava mostras de impaciência com a falação do cantor, que, tendo notado ou não isso, foi em frente.

— Muitas vezes me perguntam como aprendi a cantar, como aprendi a compor. Pela pergunta, vejo que quem a faz é muito diferente de mim. Isso, essa capacidade de cantar, de compor, não se aprende. Ou se tem ou não se tem. É um dom gratuito, que nada fiz para merecer. Minha voz simplesmente sai de mim, assim como as letras e a música. Isto não quer dizer que eu não tenha um grande trabalho para materializá-las, mas isto é secundário. O mais importante, a matéria-prima, está ali, ao alcance... Me assusta encantar as pessoas, o grande público, me assusta que a crítica goste. Me assusta porque é demais, é maravilhoso, é excessivo, me deixa quase louco de alegria, de prazer. Me assusta constatar que o que faço vem de mim mesmo, parece estranho, despropositado, como se eu estivesse fazendo algo censurável, errado, uma coisa transgressiva, como se transpusesse limites proibidos e que logo me castigarão pelo crime. Para acalmar esse medo, gostaria de ter alguém, um guru, um deus, uma força da natureza, que me autorizasse, que me convencesse da legitimidade de meus atos, garantisse que não vou ser punido por eles, que me dissesse: "Pode ir, vai em frente, é teu, é isso aí." No camarim, para me dar forças, me vejo como uma espécie de ímã de energias cósmicas, sinto que as recebo e que, naquele momento, sou mero depositário delas e vou transformá-las no meu canto.

Um atendente trouxe um cafezinho para o delegado, que ofereceu ao cantor uma xícara. Mas ele, imerso que estava em sua própria história, não aceitou.

— O senhor entende o que estou dizendo? Faz algum sentido para o senhor? É uma sensação de grande liberdade e poder, mas também uma vertigem, um vácuo, um desamparo completo...

O cantor fez uma longa pausa antes de continuar.

— Mas aí, finalmente, chega a hora de ir para o palco. A banda já entrou, afinou os instrumentos e começou a tocar, o que cala os últimos gritos e assobios do público. Os sons ampliados formam uma massa compacta pulsante, quase palpável, que enche todos os espaços vazios. Sons que eu sinto como uma armadura protetora, sons nos quais me agarro e me apoio, e eu entro no palco. Os aplausos nesta hora me incomodam. Mais uma vez temo que o público se decepcione, temo não corresponder à expectativa, e que isso o enfureça. Me sinto frágil, sugado pelo buraco negro da plateia. Mas os poderosos sons da banda me dão a força necessária e eu começo a cantar. Aí tudo muda. Minha voz poderosa, limpa, se soma aos sons dos instrumentos. Os sons transcendem a dimensão acústica e configuram massas visuais de grande beleza, minha voz é uma estrutura móvel que avança no espaço, criando planos sucessivos, formando uma ponte que me liga diretamente ao mais íntimo daquelas pessoas desconhecidas, quebrando a distância entre eu e elas, insinuando-se em seus corações. De repente, a música, eu e todas aquelas pessoas formamos um todo orgânico, coeso, vivo, fundido. Quando explodem os aplausos, é maravilhoso, eles me envolvem num manto espesso e quente de seda e veludo, e não há melhor sentimento no mundo. Não para mim. Faço qualquer coisa por ele. Suporto aquelas horas terríveis antes de entrar em cena. É um barato, êxtase, um gozo, uma exaltação. Sinto que saio fora de mim mesmo e me misturo com o universo. Parece bobagem falar assim, mas não sei como dizer melhor. Quando se tem esse sentimento, a única coisa que se quer na vida é sentir ele de novo... Fora daquele momento, a vida comum parece tão sem graça, passa a ser um anticlímax. A vida deixa de ser para ser vivida, curtida, sentida. Passa a ser um mero intervalo entre aqueles momentos especiais. A maioria das pessoas vive a vida, o trabalho, a casa, os filhos. E fica feliz com isso. Estas pessoas não têm a menor ideia do que eu estou falando.

No afã de explicar aquilo que talvez parecesse inexplicável para ele mesmo, o cantor se esfalfava.

— Falei antes das músicas e letras que fluem de mim. Não entenda que isso seja expressão de liberdade, pois, muitas vezes é o contrário da liberdade. É uma ordem que devo obedecer. Imagine uma antena permanentemente ligada, captando sinais de fora e de dentro de mim mesmo. Manter a antena funcionando é meu dever maior. O resto, tudo o mais, tem um valor relativo. Fogo insaciável, ela exige mais lenha ininterruptamente, não importa a que preço. Quando a antena está ativa, preciso estar sozinho para escrever ou compor o que ela me transmite. Essa entrega, essa disponibilidade é o preço a pagar pelo prazer de, no palco, receber os aplausos novamente, viver de novo um grande momento... A antena me consome, me obceca, me exaure. Às vezes, quero um descanso, mas não é possível. Sentinelas não podem abandonar o posto. É uma coisa assim. Sou apenas o sentinela de algo poderoso que me habita e governa com seus caprichos arbitrários, que tanto pode me dar instruções, quando escrevo, componho, como pode ficar silencioso por longos períodos. Em ambos os casos, ele exige atenção exclusiva. É isso que me impede de viver uma vida comum.

— Por acaso, você está se referindo à inspiração? – perguntou o delegado, talvez para demonstrar que tinha ouvido o que o cantor acabara de dizer.

— Não sei – disse ele. – Para mim, é assim que vejo. Não musas esvoaçantes, vaporosas. É mais uma exigência de trabalho, o estar alerta para seus sinais.

— Você chora de barriga cheia – disse o delegado. – Não lhe bastam a fama, a celebridade, o dinheiro?

— Não nego isso. Mas elas também são um encargo, um peso. Antes, ingênuo, pensava que compor, cantar, ter sucesso, só me trariam aplausos, os bem-vindos e desejados aplausos. Receberia a gratidão das pessoas pelo prazer que lhes proporcionava. Não estava preparado para enfrentar a inveja e o ódio que isso desperta nas pessoas. Sofri muitas agressões, foi muito sofrido. Ainda hoje é difícil aceitar que seja assim. Os golpes sujos, os ataques sorrateiros, inesperados... A solidão. Tenho os colegas de profissão, que supostamente vivem situações semelhantes às minhas. Com eles poderia me sentir em casa, usufruir um descanso, em meio a um gostoso companheirismo. Outra decepção. Temos contatos, mas a convivência é difícil, a intimidade impossível. Somos narcisistas demais, somos estrelas, queremos ser o centro das atenções. Não dá para dividir.

— Mas afinal, por que lhe trouxeram para cá? O que tem tudo isso a ver com o atentado ao pudor? Você disse que ia dar sua versão dos acontecimentos e ainda não vejo sua explicação. Afinal, o que houve? – perguntou o delegado.

— Precisei fazer esse longo percurso para chegar ao ponto que nos interessa – disse o cantor. Minha vida é dura, só compensada pelos momentos mágicos no palco, no pique máximo dos aplausos finais. O show de hoje foi extraordinário. O astral estava alto, eu e a banda estávamos muito bem e o público, maravilhoso, respondendo de maneira perfeita a tudo que lhe dávamos. A felicidade que me invadiu foi intensa demais e, numa grande exaltação e sem nenhum planejamento, tive o impulso de despir minhas roupas e fiquei completamente nu no palco. Mostrar-me nu era me doar por inteiro, dizer ao público que eu era potente e forte porque ele, com seu aplauso, me fazia assim. Era minha forma de lhe agradecer, de mostrar o circuito fechado que fazíamos naquele momento – eu lhe dava minha música e ele, agradecido, retribuía com o aplauso que, por sua vez, me enchia de prazer. Aquele era um momento de plenitude. Longe de mim, nada mais remoto que a ideia de fazer baixaria, de incitar a pornografia, como o senhor falou há pouco. Foi uma coisa pura, terna, de comunhão. Eu não poderia prever as consequências. Isso não. Não ia imaginar que aquela multidão ia se despir também e que fosse dar tanta confusão. Mas não posso negar que a resposta do público foi maravilhosa, perfeita, fechou ainda mais o circuito. Eles entenderam meu gesto e responderam de uma forma linda.

O delegado olhava impassível para o cantor, depois para o relógio.

O cantor se calou. Estava mais calmo agora. Talvez tivesse falado não tanto para o delegado, mas para si mesmo, tentando entender o que havia acontecido – aquele momento esplêndido, inusitado, espantoso. De forma obscura, insinuava-se em sua mente a ideia de que ele mesmo e aquela multidão de jovens seriam levados pelo tempo, envelheceriam e um dia morreriam, como acontece com todos os homens. Mas enquanto vivessem, guardariam consigo a lembrança daquele momento especial, inexplicável, de intensidade única em que foram atingidos diretamente por uma brilhante e fugaz chispa de vida.

O cantor olhou para o delegado, esperando ver em seu rosto algum sinal de entendimento do que lhe falara, do motivo de seu comportamento, do grande transtorno ocorrido no show e concluiu que seu esforço narrativo fora em vão. O delegado, por sua vez, matutava se valeria mesmo a pena contar aos amigos a história do cantor que tirara a roupa no show e chegara chapado na delegacia, onde falara sem parar um monte de asneiras. Era uma história sem muita graça.

# REMEMORANDO

Já nem me lembro há quanto tempo nos reunimos no escritório de Paulo Ferreira nas noites de quinta-feira. São "decadentes tertúlias literárias", na opinião recente de um jovem que se diz anarquista e que acredita estar vivendo a hecatombe dos valores burgueses, ouvindo a trombeta dos anjos da revolução em qualquer buzina de carro. Nisto tem uma fé tão inabalável e religiosa, tão entranhada, que o faz uma figura tocante, ingênua, quase cômica às vezes. Não tem *physique du rôle* do profeta e parteiro de grandes eventos sociais que pretende ser, tão tenro, com um corpo explodindo de vitalidade, carente – antes de mais nada – das batalhas amorosas.

Secretamente, simpatizo com suas posições radicais, reconhecendo nelas meu próprio arroubo libertário da juventude, e suspeito que meus companheiros escondem, atrás da impaciência e da galhofa com que o tratam, uma inveja de sua idade, de suas ideias, coisas que todos nós há muito deixamos para trás.

Também o vejo como um filho que tanto quis e que Carolina, minha querida e pranteada Carolina, nunca pôde me dar. Dolorosamente, ele – que tem idade para ser meu neto – me faz reconhecer a velhice, a sementeira estéril. Me traz de volta todo meu sofrimento e o de Carolina quando constatamos sua impossibilidade de conceber, e o sério abalo que isto foi para nosso casamento, até então satisfatório além de minhas expectativas.

Durante um certo tempo acalentei a ideia de me separar e procurar outra mulher que me pudesse dar filhos. Carolina, com sua esperteza, seu raciocínio rápido, seguramente temia a mesma coisa. O amor que lhe dedicava e a compaixão que me despertou vê-la tão infeliz e assustada me impediram, me retiveram. Mas algo se instalou entre nós. Uma fera indômita penetrou em nossa casa, irrompendo e fazendo vítimas, pondo-nos de sobreaviso, espreitando-nos e atacando nos momentos mais inesperados: durante a sobremesa, quando comíamos o doce de leite maravilhoso que Carolina fazia, ou, quando dirigindo o carro aos domingos, encontrávamos os amigos cheios de filhos. Passamos a viver num território minado, onde as explosões e os ataques recíprocos eram sempre possibilidades iminentes, e nada voltou a ser o que era antes.

Foi por meio da frequência a tais reuniões no escritório de Paulo Ferreira que me ocorreu algo peculiar e que guardo comigo até hoje. Algo que me foi muito importante, por me fornecer algum interesse pela vida, ajudando-me a sair da acirrada misantropia em que me encerrei após a morte de Carolina.

Pobre querida! Talvez, com minhas esquisitices, nunca tenha sabido o quanto me era preciosa, o quanto me era cara, indispensável, meus pés na terra, meu braço e mão direitos, e que, ao partir, deixou-me como que mutilado.

Deixa-me um pouco envergonhado relatar o ocorrido. Em momentos mais cheios de culpa, digo que o que fiz foi inominável, vil. Quando mais calmo, acho que é um exagero dramático ver as coisas assim e espero que seja este o juízo dos demais. Não teria agido daquela maneira se não estivesse num momento de grande solidão e tudo o que queria era esquecer. Esquecer Carolina, esquecer nossa ligação e fugir da certeza da morte, voltar a usar a venda que nos é habitual. Esta providencial cegueira que nos permite viver, ter esperanças e forças para construir ainda, nós, os céticos, a quem a muleta da crença no sobrenatural nos parece tão infantil e, mesmo assim, tão necessária e reconfortante.

Estava, pois, sob total impacto e fechado em mim mesmo. Um dos poucos respiradouros que me restavam era o grupo das quintas-feiras. Naquele tempo, éramos mais numerosos, pois a morte – ela de novo – não tinha ainda feito tantas baixas em nossa pequena comunidade. Éramos uns dez colegas da faculdade de Direito, todos advogando, alguns com próspera carreira liberal, como era o caso de nosso anfitrião, Paulo Ferreira, professor na São Francisco, com teses e abundantes escritos publicados, dono de amplo escritório e afluente clientela.

Escolhemos o escritório de Paulo por estar situado num local de fácil acesso para todos nós. Um grande escritório espalhado em muitas salas, já que com ele trabalhavam vários outros advogados. Já agora ir ao Centro é um horror. Mas ainda vamos lá. O velho prédio, o elevador cansado e as poltronas nos recebem acolhedoramente. Guardamo-nos de fazer mudanças, sabendo que a maior delas se aproxima, e que nela nos serão exigidas todas as forças.

Ali nos reuníamos para trocar ideias, comentar os fatos do dia, a política, ler os jornais. Bebíamos Scotch ou Porto, este último, lembro bem, em cálices pequenos e coloridos, num ar empesteado de fumaça.

Numa ocasião, cheguei um pouco mais cedo que o habitual e Paulo ainda estava em sua sala com um cliente. Fiquei algum tempo folheando umas revistas.

Salas de espera me enervam, e a de Paulo, naquele momento deserta, me deprimiu e me fez perambular pelo resto do escritório, que me pareceu estar desocupado. Entrei na primeira sala, onde ficava M., a quem já fora apresentado. Via-o frequentemente, mas não tinha ultrapassado o marco do "bom dia, boa tarde". Nunca havia entrado na sala dele e oscilei entre fazê-lo ou não, mas a frieza da sala de espera não me oferecia alternativa.

A sala era menor que a de Paulo, e apenas uma coisa me chamou a atenção. Tudo estava em seus devidos lugares, a escrivaninha, as poltronas, a grande estante ocupando uma parede inteira e, na parede em na frente da estante, um único quadro, que reconheci prontamente, com alegria, como quem encontra um amigo em lugar inesperado, o que me fez ter um primeiro movimento de aproximação interna com M., imaginando que fora dele a escolha da gravura. Era uma reprodução de Dürer, a *Melencolia I*.

Ali fiquei olhando o grande anjo, que meditava sério e soturno no primeiro plano, tendo no regaço um livro e um compasso. Estava sentado junto a uma parede, na qual estava afixado um quadro com vários números dispostos em quatro filas de quatro. Mais à esquerda, um cão grande e magro, com ossos salientes, deitava-se entre poliedros, rochas geométricas e, mais além ainda, ao fundo, o mar, perfil de uma cidade. No céu brilhava um sol frio e uma faixa pairava estática, com os dizeres: "Melencolia I".

Vi-me na biblioteca de meu pai, sentado no braço de sua poltrona, a seu lado. O cheiro gostoso do fumo de seu cachimbo, o livro pesado e grande das reproduções de Dürer, e meu pai se esforçando para me transmitir sua admiração, seu amor por ele, falando com prazer da exuberância forte e delirante de algumas obras em contraste com a enxuta pureza de outras, como em *Melencolia I*. Falava-me de seu rico simbolismo cabalístico e mostrava as referências à loucura, à solidão, ao perigo do perder-se em abstrações, ao afastar-se da vida e da ação, representados no quadro pelos longínquos mar e cidade. Aqui na gravura, só a aridez da geometria, da lógica, do cálculo, desumanos brinquedos de Deus, dos quais o homem se apodera com o risco de se perder, de enlouquecer. Meu pai teve sucesso em seu empreendimento. Ele se foi, mas comigo ficou seu amor a Dürer. Infelizmente não poderei transmiti-lo como ele fez. Não de pai para filho. *Hélas!*

Rever Dürer ali na sala de M. tinha algo de presságio, de curioso, de promessa. Pareceu-me que a ordem e a imobilidade congeladas na gravura refletiam-se na atmosfera da sala.

Sobre a escrivaninha, alguns textos de códigos e lei. Na estante, monótonas coleções completas, em intermináveis filas azul-marinho e ouro. Numa prateleira menor, os livros avulsos, as brochuras, variadas, de tamanho e cor misturados. Ali me detive, puxando os títulos mais chamativos, reconhecendo alguns, tentando conhecer o leitor daquelas obras, fazendo o retrato daquele M., cuja fachada me parecia tão corriqueira, desinteressante.

Nesse descuidado e devaneado olhar pelos livros, chamou-me atenção um cuja lombada nada tinha impresso, apesar de bem encadernado. Pensei que fosse uma obra preferida, agraciada com o prêmio de uma encadernação cuidadosa, tal como eu mesmo faço quando gosto muito de um livro. Retirei-o da estante e, para minha surpresa, era o diário de M. Hesitei um pouco, mas, vencendo um primeiro escrúpulo, entreguei-me por completo ao exercício deste voyeurismo. Quando há pouco falava em algo que considerava inominável nos momentos mais floridos de culpa, referia-me a esta leitura.

Estava folheando o diário, num incômodo e ridículo *frisson*, quando Paulo entrou na sala, causando-me grande susto e constrangimento, fazendo-me deixar cair o livro no chão. Devo ter ficado com uma expressão alarmada, pois Paulo, muito solícito, veio apanhar o livro e perguntar-me como eu estava, se queria um Scotch duplo, algo assim. Senti-me perturbado e, muito a contragosto, participei da conversa naquele dia.

No decorrer da semana seguinte, praticamente esqueci minha descoberta, exceto quando me surpreendi, na quinta-feira, tentando desembaraçar-me dos afazeres para chegar mais cedo e, assim, poder dedicar-me um pouco à minha curiosidade. E assim o fiz. As anotações, ora muito concisas, ora com grandes derramamentos, eram feitas com assiduidade. Seguramente, serei incapaz de reproduzi-las de cabeça, mas lembro bem das primeiras. Diziam:

20.11 – Ontem caí em tentação. Que dirá padre Monteiro? A carne é um fardo pesado pela estrada que leva à salvação.

Reunião na quarta não consegui manifestar minhas opiniões. L. nos manipulou, o que foi desagradável.

23.11 – Padre Monteiro, com sua bondade e sabedoria, transbordou-se em sugestões, conselhos, orientações. Falou como amigo, inclusive de suas próprias vicissitudes.

Fiquei abismado. Não sabia o que esperar de M., um homem pouco atraente, beirando os cinquenta, discreto, os cabelos presos com brilhantina. Mas saber que "caia em tentações", preocupado com padres e confissões, parecia meio risível, meio surpreendente, inesperado, como se eu voltasse ao tempo em que eu mesmo me via às voltas com tais preocupações adolescentes.

No correr da reunião, pensei em revelar minha descoberta a todos e fazer dela uma *private joke,* a leitura semanal do diário de M. Se não o fiz, não foi por bondade, sou forçado a reconhecê-lo, mas simplesmente por zelo, curiosidade, desejo de não estragar meu achado, antes que dele tivesse tirado tudo que fosse possível. Entrementes, procurei saber a opinião de Paulo sobre o sócio, estimulando-o a falar-me dele.

— É um secarrão – disse Paulo. – Tentei chamá-lo várias vezes para nossas reuniões, mas sempre tinha uma desculpa para não vir. Mesmo para ir a minha casa, só o faz raramente. Praticamente só o vejo aqui. É competente, inteligente, mas muito reservado. Um chato, coitado.

Retrospectivamente, agora, acho difícil discriminar entre o que fui sabendo gradativamente por meio de Paulo, em hábeis interrogatórios, e o que li no diário. O fato é que arranjei uma desculpa para frequentar a sala de M. Desculpa esfarrapada, mas aceita. Aleguei precisar fazer consultas à *Britannica*, que ficava na estante de sua sala, para levantar dados para um trabalho que realizava.

Falei, então, com o próprio M., que se mostrou muito cordato e afável, colocando o escritório à minha disposição. Combinamos que, às quintas-feiras, chegaria um pouco mais cedo, como já fazia clandestinamente, e ali ficaria. Era o suficiente, na maioria das vezes, para ler as anotações da semana.

Foi assim que, durante quase um ano e meio, acompanhei a vida de M. por seus altos e baixos, sem que ele suspeitasse, e impossibilitado de manifestar-me sob qualquer aspecto, mesmo quando tal se fez necessário, como veremos.

Minha curiosidade logo se desfez após as primeiras semanas. M. parecia-me alguém preso dentro de um círculo vicioso. O pecado, a culpa, a luta inglória contra os instintos, sua vergonha, seu medo de ser abandonado pelo confessor, padre Monteiro, eram os temas de seu diário. Levava uma vida muito pobre de eventos sociais, numa rotina estrita. Mencionava uma irmã, que via muito pouco. Inferi que os pais eram mortos e que M. morava sozinho.

Surpreendia-me que escrevesse tanto sobre seus problemas sexuais, embora muito reticentemente. Não explicava o "cair em tentação". Eu ficava curioso, imaginando-o como um masturbador ou, então, em complicadas relações com prostitutas, perversões aberrantes.

M. jamais suspeitou de minha assiduidade em seu escritório às quintas, nem mesmo quando a desculpa da pesquisa à *Britannica* não se sustentava mais.

Quanto já estava para abandonar minhas "pesquisas", o panorama mudou. M. passou a falar de S., que conhecera profissionalmente. Li algo assim:

x/x – Hoje, enquanto estudava um processo, fui interrompido pelo Saraiva que, alegando estar sobrecarregado, me transferiu um caso. Apresentou a cliente, uma mulher de uns quarenta anos, de olhar vivo, uma cara inteligente. Não sei se pego o caso.

Nas semanas seguintes, M. foi se envolvendo com S., uma mulher separada do marido, com um filho de quatro anos. Morava sozinha e era professora de piano num conservatório. M. sentia-se atraído por sua presença forte, sua voz macia, bem modulada, seu modo de falar baixo, seu riso silencioso. Gostava de ficar com ela, e um dia ela o convidou para almoçar. Era um dia de semana e, depois do almoço, M. feriou. Escreveu no diário: "Saímos ontem para o almoço. Como poderia trabalhar depois, numa tarde tão gostosa?"

E eu que imaginava a velhice como a idade da sabedoria! Eis-me aqui já nos meus setenta e bem longe da sabedoria! A recusa das limitações impostas a meu corpo que se esvazia, que se esvai e que me desespera.

Pensando bem, há uma relação entre minha história e a de M. Na ocasião em que tudo se passou, eu estava sozinho e em pânico pela perda de Carolina, e por isso me entreguei àquele esporte macabro e mal-educado, numa voracidade vampiresca, sugando a vida medíocre e pequena de M., em largos goles, tentando preencher o enorme vazio de minha própria vida. Foi útil então...

Agora, depois de tantos anos idos, velho e em desespero, escrevo para encher as noites de insônia, quando recuso o sonífero na vã expectativa de que a máquina do corpo funcione normalmente, enquanto ouço rádio ou ligo a televisão, para não ficar dentro do silêncio e dos pequenos ruídos que a solidão fabrica. Enquanto me revolvo na cama, embolado nos cobertores, quando em minhas navegações noturnas para o banheiro e, mesmo agora, quando me levanto para encher um cálice de Porto, ouço os pequenos sons da noite, o barulho incessante do relógio, os estalidos dos móveis, o vento que bate de leve nos vidros e persianas, sons que parecem querer dizer-me algo, transmitir-me uma mensagem que tento em sobressalto desvendar, num desejo de sair da solidão, de ter alguém para conversar. Carolina, Carolina, por que me deixaste?

Gostaria de poder falar com mais intensidade da minha própria experiência de vida ao ler o diário de M., de como o seguia com a respiração presa, com sentimentos de culpa e prazer, como tudo isso me insuflava vida. Gostaria de poder reproduzir, do texto de M., a pulsação da sua experiência, do seu encontro com S., mostrar como isso suscitava-lhe problemas tão sérios e graves, a grande alegria e o sofrimento que lhe foi o amar e ser amado, como sua vida foi alterada de modo tão radical, de como minha vida foi enriquecida com tal leitura, como me enchia a alma de ternura e vida! Mas tudo isso passou, e receio que sejam muito débeis minhas forças para tentar revivê-lo aqui. Para meu consolo, ouso perguntar-me: mesmo o relato de M., o que era, diante do que ele vivia? Até que ponto o próprio M. não faria a mesma lamentação ao escrever em seu diário a trajetória de seu amor, num desejo imenso de guardá-lo minuto a minuto, gravá-lo, não o deixar escapar ou cair no vazio, no esquecimento? Quanto mais apaixonado, mais enlevado e confuso ele se tornava ao escrever. Mais cheio de lugares-comuns e banalidades vulgares ficava o diário. Lia e me lembrava de um amigo que dizia que, quando estava apaixonado – e nele isto era muito frequente –, ficava com novo ouvido para as músicas de rádio. Até então, nada lhe diziam. Apaixonado, todos os boleros, as melosas canções de amor pareciam-lhe feitas sob medida para o que sentia, expressavam às mil maravilhas seus mais fortes sentimentos. Talvez somente alguns poucos felizardos consigam fugir disto, consigam plasmar estes mesmos sentimentos banais, universais, corriqueiros, dando-lhes vestimenta nova, criativa, original, longe da vulgaridade e do lugar-comum.

Pergunto-me qual será o sentido de estar aqui também juntando os lugares-comuns de meus sentimentos, pobres fragmentos de memória de um velho, incapaz de refazer minhas próprias emoções, ao ler o relato truncado das emoções de um outro.

Foi preciso um certo tempo de namoro até que M. e S. se tornassem íntimos. Tempo turbulento. Padre Monteiro se escandalizava com a ligação ilícita. Os poucos amigos o desaprovavam e tentavam fazê-lo voltar à trilha certa. M. foi, aos poucos, abandonando a todos e, enfrentando objeções internas e externas, foi morar com S. e seu filho, em cujo trato redescobria sua infância triste, revivendo passagens de sua vida há muito esquecidas.

Era-me muito interessante ouvir os surpresos comentários de Paulo e do resto do grupo a respeito dos fatos, dos quais souberam, é claro, quando M. finalmente mudou-se para a casa de S. Teciam-se teorias sobre a inconstância das pessoas, como são inescrutáveis, como é impossível conhecer alguém, como nos surpreendem! Entre divertido e curioso, ouvindo-lhes os comentários, sentia-me cúmplice de M., torcia por ele.

Foi nessa ocasião, sabendo que ele se sentia acuado, culpado e sem amigos, que tentei me aproximar de M., oferecendo-lhe um livro de Chesterton, um de seus autores preferidos. Pouco caso fez, entretanto.

Durante o tempo em que saboreava seu diário, M. parecia-me um pouco hipocondríaco, queixava-se de sufocações, tosses, catarros e temia contrair infecções. Eventualmente, falava de dores nas costas. Dores que, no correr do ano, tornaram-se cada vez mais citadas, até que M. ocupou todo o registro de um dia no diário tratando da dor e decidindo-se ir ao médico.

Despedi-me do diário até a semana seguinte, enfastiado com o extenso relatório de dores e desejoso de ler mais a respeito de seu relacionamento com S.

Na semana seguinte, todos os dias estavam ocupados com descrições da dor, a ida ao médico, os exames feitos. Me preocupei deveras, mesmo porque uma pequena viagem se me impunha e eu perderia meu contato semanal com M.

Não foi sem precipitação que retornei às folhas e soube que M. estava com câncer. A lembrança do choque que sofri ainda está muito presente. Descobri de chofre que aquilo que começara como divertimento, como uma forma de esquecer minha própria dor, tinha se transformado totalmente. Sentia-me próximo de M. e S. Queria-lhes bem como a velhos amigos. Sentia nossas vidas ligadas.

Angustiadamente, segui o terror de M. e sua solidão. Lia que decidira nada contar a S. e que sua irmã sempre lhe fora distante. Quanto aos antigos amigos, padre Monteiro, estavam todos fora de alcance, não queria recorrer a eles. Via na doença um castigo pela ligação com S., o que lhe aumentava o sofrimento.

Tentei ajudá-lo. Chegava mais cedo às quintas-feiras, e até mesmo em outros dias, provocando conversas. A recepção, álgida e distante, não me encorajou novas tentativas.

Nas semanas seguintes, M. decidiu-se pelo suicídio. Não sofreria as dores do câncer. O médico lhe dera seis meses de vida, com decadência rápida. Lamentava não poder viajar com S. pela Europa, como tantas vezes sonhara.

Agitei-me. Pensei em localizar o médico, o padre Monteiro, os antigos amigos, S., procurar M., inventar qualquer coisa, mas não sabia o quê.

Estava assim quando, numa segunda-feira, recebi um telefonema de Paulo, avisando que M. havia morrido. Estava andando pela rua quando um automóvel subiu a calçada, matando-o, junto com duas outras pessoas.

Foi um choque talvez tão grande quanto o anterior. Mergulhei em inevitáveis pensamentos sobre o destino – a inesperada trama urdida pelas Parcas, com seus súbitos e abruptos desenlaces.

Aqui termina meu relato. Presumo que me dei ao trabalho de escrever tudo isso – que me soa melodramático e barato, tanto como a vida o é tantas vezes, quase sempre – porque me assusta meu próprio futuro, meu fio se esgarça e logo se romperá. Que mais posso fazer além de tentar domar o tigre louco de meu medo e forçá-lo a se dispor nas entrelinhas do que escrevo?

# LISA, LISA

Minha cabeça zune a toda, a ressaca vai a mil por hora. Mal me lembro de ontem. Mas, sem dúvida, tudo começou quando encontrei aquela putinha que era a cara da Lisa. Eu não podia acreditar, mas estava ali: o mesmo nariz afilado, os olhos rasgados e oblíquos, as maçãs saltadas, o talhe esbelto, a elegância natural que Deus só dá para alguns. Era um pouco mais morena, mais escura de pele. Não tinha o *savoir faire*, o *aplomb*, todas estas palavras francesas que indicam aquele algo a mais que só muito dinheiro, educação e viagens dão a uma pessoa, e que Lisa tinha de sobra. Mas ali, na meia-luz do puteiro, no meio das outras, velhas putonas cansadas da guerra, menininhas magras e debochadas, ela brilhava como se fosse a própria Lisa, inigualável.

No puteiro sinto sempre a mesma mistura de sentimentos. Um companheirismo, uma camaradagem, uma fraternidade, uma honestidade, uma falta de máscara somente ali encontrável. O sexo, que está atrás de tantas – diria de quase todas – ações humanas, escondido, disfarçado e só atingível após longos e sinuosos desvios, lá não perde tempo e vai direto ao assunto. Mas justamente isto traz consigo algo de torpe, de desagradável, de animalesco. Algo que nos diminui, reduzindo-nos ao mais elementar, nivelando-nos por baixo, igualizados na carne.

Homens e mulheres se medem abertamente, avaliam-se sem meias-palavras, sem oblíquas intenções. Os que gostam de louras gordas vão logo procurando uma disponível. Os que gostam de morenas altas também. E eu? Eu amava Lisa. Eu procurava Lisa, queria Lisa e jamais esperara encontrar ali ou em qualquer lugar alguém que mesmo de longe se assemelhasse a ela.

Estava ali pela Idalina, que me ensinara novas posições que proporcionavam maior prazer, maior rendimento, maior comodidade. Ela gostava de mim. Eu chegava, e ela logo vinha. Talvez fosse só por eu sempre pagar sem problema. Lisa era outra coisa. Lisa era tudo. Lisa. Como dizer tudo que ela era, meu Deus?

Bom, na pós-graduação todo mundo era mais ou menos apaixonado por ela, só que havia uma divisão aí. Uns não sabiam que eram apaixonados por ela, e o amor saía todo torto, errado, por meio de agressões, pichações. Não paravam de falar mal dela. Diziam que ela bebia. Que era drogada. Que dava para todos. Que o pai era contrabandista, bandido, mafioso, que a família era toda louca. Não sabiam que era tudo dor de cotovelo.

Para outros, vê-la era imediatamente querer possuí-la, tê-la, era desprezar qualquer outra que não ela, era sentir-se desafiado a conquistá-la, era imaginar-se tendo-a nos braços, amando-a desesperadamente, era não poder viver sem ela. Sua presença estabelecia um padrão de beleza e elegância, não a elegância das roupas, mas aquela dos gestos, dos sentimentos, da postura de ser, da conduta. A convivência com ela exigia um desempenho de alto padrão mental. Com ela, dávamo-nos conta da existência de outros mundos, de desconhecidas e elevadas regiões a serem exploradas.

Aqueles que nela jogavam lama agiam assim para não encarar as exigências que ela colocava, por reconhecerem que não poderiam responder efetivamente ao chamado que ela não fazia, mas que, mesmo assim, existia, para não se sentirem pequenos e inferiores a ela.

Eu adotei várias táticas. A primeira foi ignorar o noivo dela. Um carinha insignificante, que diziam ser muito rico. Isso feito, passei a fingir que a ignorava, que nem a via, que não era das turmas que faziam o maior fuzuê quando ela chegava nas aulas; "olha lá, tesuda, gostosa, linda!", enquanto ela passava altaneira, ao largo. Ela nem notou minha manobra.

Aí resolvi me aproximar como amigo. Lisa pra cá, Zeca pra lá, íamos nós, trocando livros e discos, falando de cinema. Eu jogava pesado, porque nisso aí sou bom. Começamos por Hesse e atravessamos quase completamente Thomas Mann. Odiamos *A montanha mágica*, com seu esquematismo, com suas teses, suas conversas improváveis, uma coisa muito artificial. Amamos *Os Buddenbrook*. Dúvidas em *Tonio Kröger* e *Morte em Veneza*. *Lotte em Weimar*, achamos sublime e nos cansamos com o massudo *Doutor Fausto*.

Estava feito. Dali em diante, tínhamos uma intimidade, um reconhecimento mútuo, tínhamos construído um território nosso onde os outros não entravam. Não porque fechássemos o portão, mas porque não tinham mesmo como entrar, não tinham o mapa da mina. Isso nos dava enorme prazer.

Eu estava completa e irremediavelmente apaixonado. Dias em que não a via na aula eu morria. Um enorme vazio se abria a meus pés, onde eu caía, pensando na sua voz, no seu rosto, no seu perfume.

— Vamos amanhã ao cinema?

— Não. Tenho Roberto.

"Tenho Roberto" era a senha para o noivo. O impedimento. Vivíamos um curioso triângulo, onde ela me traía sistematicamente com Roberto e eu queria crer que havia o vice-versa. Com ele teria sexo, teria amor? Comigo, o que teria? Na minha cabeça estava claro que com Roberto ela não era feliz, por alguma conjunção ignorada por mim, misteriosas tramas familiares, estranhos pactos do pai bandido forçavam-na a se ligar àquela figura tosca e tacanha, que não sabia o que tinha nas mãos. Eu, somente eu, era seu grande e efetivo parceiro intelectual.

Recrimino-me por nunca ter tentado uma aproximação mais explícita, para provar concretamente o prazer que tantas vezes imaginava sozinho. Mas teria sido necessário? Um cego não deixaria de ver o que eu sentia por ela. E ela, teria reconhecido meu amor? Se o fez, por que não me encorajou, não me deu indicações mais claras? Será que nunca me desejou? Teria, sim, dado indicações, teria dado todas as dicas e eu não as teria entendido, não teria podido entendê-las? O que posso dizer é que ela sempre foi extremamente gentil, delicada, atenciosa, muito diferente do tipo esnobe e arrogante que muitos julgavam ver nela.

Depois de um ano assim, vieram as férias e viajei. Quando cheguei, não liguei para Lisa, apesar de contar os dias para a volta das aulas. Teria havido um acordo tácito de que não nos veríamos nas férias, seria um interregno para Roberto, não sei. O que é claro, para mim, é que esperava ansiosamente que ela me ligasse, mas isto nunca ocorreu. Orgulhoso, não quis dar o braço a torcer e ligar eu.

Finalmente, chegou o primeiro dia de aula. No burburinho dos reencontros, a cacetada. Soube que Lisa não estava matriculada, tinha pedido transferência para outra faculdade, noutra cidade. Uma coisa negra e sem forma caiu sobre mim. Não queria aceitar o fato. Não entendia. Então nossa convivência não merecia nem um telefonema de despedida? Então eu não era nada para ela? Não sei como aguentei. Não me interessava por mais nada – traído, enganado, abandonado, com uma raiva enorme.

E agora, tão pouco tempo depois, uma acessível Lisa tomava Coca-Cola com rum ali na boate, enquanto Nelson Gonçalves cantava "palhaço das perdidas ilusões".

Fui imediatamente até lá. Ofereci-lhe outra bebida e me abismei com a incrível semelhança, com minha inesperada sorte. Eu mal podia esperar chegar minha bebida para logo irmos a um dos aposentos dos fundos. Eu a beijava sem parar, estava trêmulo, ansioso, inquieto.

— Tudo bem com você? Algum problema? – ela perguntou, meio alarmada com minha agitação.

Eu temia que ela me escapasse por entre os dedos, queria evitar qualquer impossível imprevisto, queria possui-la imediatamente, agora e sempre. Imaginava o futuro, Idalina que me perdoasse, mas era impossível pensar em ficar com qualquer outra que não Lisa.

Pensava tudo isso enquanto a beijava mais e mais, ansiosamente, maravilhadamente. Também o fazia para evitar que ela falasse muito e, com isso, quebrasse o encanto, a ilusão de estar com a verdadeira Lisa. Sentia que minha própria inquietação a assustava, deixando-a tensa, já que ignorava os motivos.

— Esse veado aí beija puta na boca.

— É mesmo. Não sabe que com puta o negócio é meter logo.

Olhei para trás. Dois conhecidos arruaceiros, o Agenor e o Tóia, que eu conhecia pela fama terrível, temíveis valentões. Cada um devia pesar três vezes mais que eu. Puro músculo.

Resolvi fingir que não ouvia, que não era comigo, mas eles não paravam.

— Que babaca!

— Veado, filho da puta!

Falei para Lisa:

— Vamos, esta turma barra-pesada aí está enchendo o saco.

Mas Lisa, olhando para Agenor, falou: – Oi, tudo bem?

Riu para eles, piscou os olhos. A puta.

— Vamos lá? – insisti. Mais direto, perguntei – Quanto vai ser? – Não queria ser rude, só lembrar-lhe da profissão, da ética que deveria seguir. Afinal, eu era o cliente que estava na frente, queria assegurar-lhe que ia pagar, que tinha dinheiro.

— Olha, vamos fazer um negócio? Vamos deixar para outro dia? Estou morta de cansada, vou ter que ir embora. Por que você não vai com minha amiga aqui, a Lídia? – A menininha branca e de cara assustada riu para mim.

Foi dizendo e saindo rápido. Eu, nocauteado, não pude me levantar antes do gongo. Só o fiz para confirmar a suspeita mais cruel: ela saía com Agenor e Tóia, no jipão deles, às gargalhadas.

# TERTÚLIA

Indiscutivelmente, os gordos podem ser muito elegantes. Quando não economizam nos panos de suas roupas e deixam que eles envolvam generosamente seus corpos, ficam, às vezes, figuras principescas, imponentes, grandiosas.

Não era este o caso de João Rodolfo Pereira, o grande crítico literário. Era um gordo não assumido, que teimava em comprar roupas em números menores do que deveria, e isto o deixava com um ar mal-arrumado, os botões estourando, as banhas saltando por todo lado.

Por isso mesmo, Nelson Aguiar, ao vê-lo quando chegou à festa, imaginou que ele seria um primo do anfitrião, uma daquelas pessoas – um parente – que você não pode deixar de convidar quando dá uma festa, mas já sabe de antemão que ela não vai se entrosar com o resto dos convidados. O mal-ajambrado gordo que vasculhava a pilha de discos, meio escondido, como se fugisse das outras pessoas, jamais poderia ser o irônico autor de tantas frases repetidas nos bares da moda e que Nelson Aguiar adorava.

Ao contrário dele, Nelson era a evidência da moda. Outro homem que o observasse, certamente, acharia extravagante seu modo de vestir-se, modo este que gerava uma impressão intermediária entre a ousadia gay e a opulência dos muito ricos, aqueles que usam roupas importadas, compradas fora, que só entram na moda da estação seguinte. Mas as mulheres geralmente ficavam encantadas com Nelson, e ele sabia tirar bom proveito disso.

O próprio fato de estar ali, na casa de Pedro Leite, o autor mais prestigiado pela crítica, pessoa fina, de muitas posses, devia-se a seu poder de sedução com as mulheres. Nelson tinha lançado, à sua própria custa, um livro de contos e fazia pessoalmente os contatos com os donos de livrarias para comercializá-lo. Com os homens, adotava uma postura filial, camarada e sempre muito simpática, convencendo-os a colocar seu livro nas melhores prateleiras, aquelas mais acessíveis ao olhar do público. Com as mulheres, esbanjava charme. Foi assim com Simone Lins, a dona da livraria Alfarrábio. Nelson planejou com cuidado o cerco a Simone. Sabia que os mais badalados lançamentos de livros, com ampla cobertura nos jornais, até mesmo na televisão, davam-se na Alfarrábio. Simone era muito bem relacionada.

Por pouco sua campanha não foi por água abaixo. Simone não ficou bem impressionada nos primeiros contatos. Nelson lhe pareceu um sedutor barato, convencido de seus encantos, os quais manipulava com cálculo e frieza. Mesmo assim leu o livro, a brochura de cem páginas, com letras grandes, e ficou impactada e surpresa. Não conseguiu largá-lo até o fim. Cada conto parecia-lhe inesperado. Não conseguia fazer uma ideia do autor, tão diferentes eram entre si, abordando temas tão díspares. Rendeu-se ao encanto de Nelson e, antes de consultá-lo, telefonou para Carlos Kostkas, o crítico do *Estadão*, indicando o livro. Deliciava-se com a ideia de ser a patronesse de um novo autor tão talentoso.

Kostkas gostou do livro e escreveu uma resenha sobre ele. No dia em que saiu a publicação – em um domingo –, Simone convidou Nelson para um almoço e deixou que ele descobrisse em sua casa a notícia. Ficou emocionada com a felicidade dele e, naquela tarde mesmo, foram para a cama pela primeira vez, entre risadas, nuvens de maconha e incenso indiano.

Já estavam de caso há um mês, quando Simone deu uma reunião em sua casa. Entre os convidados estava Pedro Leite. Em determinado momento, Pedro convidava Simone para um jantar em sua casa e, por delicadeza – já que estava junto ouvindo –, estendeu a Nelson o convite. Ele não teria aceitado, não fosse a insistência de Simone e de Lívia, mulher de Pedro. Era uma oportunidade de conhecer gente da área, transar futuras publicações.

E agora ali estava ele, na recepção de Pedro Leite, arrependido de não ter vindo junto com Simone, pois constatava que ela não havia chegado ainda e, fora os anfitriões, ele não conhecia ninguém. Localizou Pedro e Lívia e foi cumprimentá-los.

— Ah, eis aqui nosso escritor – falou Pedro, já lhe estendendo um copo de uísque que retirara da bandeja de um garçom.

Lívia delicadamente o beijou, tomou-o pelo braço e disse:

— Deixe-me apresentá-lo a algumas pessoas. Pedro está ansioso para ler seu livro. Ele confia muito no faro de Simone. Eu também.

Iam atravessando a grande sala, cheia de quadros, tapetes persas, antiguidades. Havia umas quarenta pessoas espalhadas por ali em pequenos grupos, e Nelson conhecia, dos jornais e revistas, vários deles.

Lívia planejava apresentar Nelson a todos, mas viu que Rique Tavares estava chegando e logo quis se desembaraçar da tarefa. Estavam perto de um grande sofá, onde, numa das pontas, afundava o velho escritor Jorge Lemos. Lívia achou que seria ideal deixar Nelson ali.

— Olha, Jorge, te dou de presente um jovem escritor. Não vá corrompê-lo com suas ideias. Por favor, apresente-o ao resto do pessoal, que tenho de ir receber os que estão chegando. Desculpe, Nelson. – E retirou-se rápido para ver Rique Tavares.

Jorge Lemos tivera um enorme sucesso na década de 1950. Seus livros estouraram, era jornalista respeitado, ocupara cargos importantes na política da classe, fizera o diabo. Era um velho de setenta e oito anos, plácido, que, ali sentado, parecia receber, deliciado, as homenagens dos que lembravam dele e o admiravam. A maioria ali o conhecia, mas o considerava carta fora do baralho, superado, autor que tinha sobrevivido à própria obra, já quase totalmente esquecida.

Embora o reconhecesse, Nelson nunca tinha lido nada de Jorge, o que lhe pareceu desagradável ao entabular conversa com ele. Mas sentia-se curioso vendo aquele velho senhor, um veterano da sua raça. Queria saber dele as opiniões sobre o escrever, sobre o incômodo impulso que o obrigava a escrever, que o obcecava. Não falava sobre o assunto com ninguém, nunca tinha estado com um verdadeiro escritor, alguém que já tivesse publicado vários livros, que fosse publicamente reconhecido como tal.

Ele nem bem sabia se os escritores falavam entre si de seus projetos, de suas dúvidas, do processo criativo, ou se simplesmente fofocavam e falavam mal da vida alheia, como todo mundo. Aquele provecto senhor, já afastado da luta e da concorrência com os demais, talvez pudesse guiá-lo no labirinto da profissão, do ofício de escrever, embora considerasse que cada escritor fosse como uma terra virgem, que somente ele mesmo poderia encontrar seu caminho, desbravar sua própria rota.

— Então o senhor é o famoso Jorge Lemos – disse Nelson.

Jorge Lemos, naquele dia, sentia-se particularmente cansado, o reumatismo tinha piorado. Planejava ir cedo para casa após cumprimentar alguns conhecidos. Respondeu:

— Muito prazer. Com quem tenho a honra de falar?

— Nelson Aguiar. Um admirador seu e postulante nas agruras da vida literária – respondeu Nelson, hipocritamente, na dúvida se devia adotar um tom rebuscado, livresco, ou de mera conversa-fiada com o velho.

— É verdade, Lívia falou há pouco, você é um jovem escritor.

— Tenho um livro que eu mesmo publiquei. Coisinha simples. Não sei se posso usar o título de escritor, mesmo que "jovem".

— Por que diz isso?

— Ah, porque não vivo disso! Sou engenheiro. Esta é a minha profissão, é a minha fonte de sustento. É o título que me sinto mais à vontade para usar. Você (deveria tratá-lo de senhor?, titubeou Nelson) vê, é uma divisão na minha vida. É fogo conciliar coisas tão distantes. Gostaria de me livrar dessa contradição: ou bem me dedicar a escrever, investir meu tempo nisto, ou desistir de vez. Não dá para manter as duas. Não aguento mais. Gostaria que alguém me dissesse franca e honestamente se devo ou não parar com uma delas e qual. Embora saiba que provavelmente não acreditaria ou aceitaria opinião alguma, fosse ela a que fosse. – Nelson se surpreendeu com a veemência com que falava, o interesse e súbito envolvimento. Constatou que seus desejos de proteção, sua expectativa secreta de uma impossível ajuda tinham-se exacerbado diante da figura plácida e paternal de Jorge Lemos. Estava meio arrependido, pois não queria se expor demais, e, enquanto falava, tinha identificado outras pessoas que gostaria de conhecer, de bater papo. Ali estavam Darlei Fontana, o conhecido contista, e a novelista Araci Melo, que fazia furor com suas confissões eróticas em forma de livro, ambos eram figuras habituais dos suplementos literários de domingo. Talvez fosse melhor não encompridar conversa com Jorge.

— Entendo. Para mim, aparentemente, as coisas foram mais fáceis. Sempre trabalhei como jornalista – disse Jorge.

— Aparentemente? Me parece tão mais próximo. Não há o abismo que sinto existir entre a Engenharia e a Literatura. Abismo que não ouso transpor e sobre o qual tento construir uma ponte que não sei se viável.

— É aí que você se engana! – Jorge Lemos parecia tomar interesse no que dizia. – Como é mesmo seu nome?

— Nelson.

— Pois é, Nelson! Acho que nós, jornalistas, no fundo somos apaixonados pelas palavras, pelo ato de escrever. Dizendo claramente, tirando a máscara, o que a maioria de nós gostaria mesmo é de praticar a Literatura, ser escritor. Desejamos criar, plasmar personagens, falar de nós mesmos através deles, fragmentar nossa vivência, colocando-a em inúmeros personagens e situações. Realizar nossos desejos através deles, poder recriar nossa vida, nossa história, dar vida novamente a nossos mortos, dizer para eles tudo o que não pudemos dizer-lhes em vida. Desejamos, enfim, fazer Literatura, fazer tudo isso de maneira estética, bela, justa, harmoniosa, onde o prazer e a dor das lembranças, dos afetos que nos invadem ao escrever, não eclipsem o prazer e a angústia da escolha da forma, do pensar minuciosamente o lugar da palavra e da vírgula, o tom a ser mantido, a coerência e concatenação internas. Desejamos escrever livros. Desejamos receber tudo do lucro e prestígio que socialmente é oferecido ao autor de um livro, pois este não deixa de ser um fetiche para muitos. Desejamos a perenidade, a fama, a imortalidade. E o que fazemos? Escrevemos para jornais, somos jornalistas. É o contrário de tudo isso. Somos forçados a escutar os fatos, a relatá-los, a descrevê-los. Em vez do perene, do eterno, o extremamente perecível, o que não interessa, o que é esquecido, o que é para ser esquecido, o que acontece independente de mim, além de mim, que me ignora. Escrever para a imprensa é uma função que qualquer um pode exercer. É o contrário da Literatura, onde a voz do autor é única e insubstituível. O que ele tem a dizer, só ele pode fazê-lo. Você vê a distância que há entre o Jornalismo e a Literatura? Não é ela tão grande como entre a Engenharia e a Literatura? Não é ela mais cruel ainda por dar a ilusão de proximidade? Não nos faz sofrer muito mais?

Jorge Lemos falava baixo, mas forte e entusiasmadamente. Às vezes, parava para respirar, escandindo as palavras de modo dogmático.

— Você se ilude quando pensa que há uma posição cômoda para exercer a Literatura – continuou Jorge. – Qualquer outra ocupação que não seja ela, que não seja seu pleno exercício, é um obstáculo, é fonte de divisões e insatisfações. Isso é como uma doença. Mesmo para aqueles que podem se dedicar a ela, que têm outros meios de subsistência, como é o caso de nosso anfitrião, homem bem-nascido, a angústia permanece. Aliás, ele é um bom exemplo: é autor publicado, respeitado, não precisa dos favores da crítica para vender. Mas, como todos nós, padece o horror dos lançamentos de livros, a angústia de não ser reconhecido por aqueles que admira, não necessariamente os críticos ou mesmo o público, embora sejam extremamente importantes suas opiniões e aceitações, mas escritores que gostaria de seduzir, de agradar, de suscitar simpatia. Vou além: se a admiração é conseguida, pensa-se em conseguir edições em Portugal, versões para o inglês e o alemão, adaptação para o cinema, prêmios etc. A ciranda, a roda-viva, não para nunca. Feliz é você que pensa que as dificuldades estão entre a Engenharia e a Literatura. A dificuldade está nela mesma, nesta bruxa, nesta doença, nesta concreção patológica que é a preocupação em fazer arte. Para que se escreve livros?

Nelson não esperava uma resposta tão grave, prolixa e que daria pano para as mangas se ele fosse realmente rebatê-la, ampliá-la, concordar ou não. Parecia que o velho Jorge Lemos estava agora com a corda toda e se dispunha a falar. Lançou o olhar pela sala, constatando que Simone não tinha chegado ainda e que Lívia circulava com um homem alto, atlético, de barbas grisalhas e sorriso bonito, que chegara quando ela o deixou no sofá. Entre o desejo de fugir dali e o de continuar o papo, respondeu:

– Você mesmo dizia há pouco que escrever livros estava ligado ao desejo de fama, perenidade, imortalidade.

— É verdade – disse Jorge. – E é outra grande bobagem. Veja meu caso! Vinte e cinco anos apenas, desde que lancei meu primeiro livro, que teve enorme sucesso. E hoje ninguém mais lê meus livros. Meu editor os mantém no catálogo. Há dez anos lançou a última edição. Está toda aí, encalhada. Você já leu algum deles? Não se acanhe de dizer. – Nelson disse que não com a cabeça.

— Pois é. Vou mandar-lhe a coleção inteira. A obra completa. Seis volumes – suspirou fundo, calou-se por alguns segundos e continuou. – Você já foi a um sebo? Não lhe parece um lugar extremamente melancólico? Para mim, é mais triste do que um cemitério. No cemitério estão as pessoas normais, comuns, aquelas que, bem ou mal, se reconciliaram com a morte, que não tentaram fugir dela, de seu manto de silêncio e esquecimento. No sebo, não. Ali estão os que sonharam com a imortalidade, com a fama, os que quiseram troçar da morte, falar com as gerações futuras, que julgaram ter algo de importante para lhes dizer, que se acharam especiais, com dotes extraordinários e que imaginaram que estes os colocavam em um patamar diferente daquele do resto dos mortais. E você vê milhares de autores absolutamente desconhecidos, ou os que tiveram um efêmero renome e que já foram deixados de lado. No meio do pó e da confusão do sebo, deparamo-nos com aqueles que são nossos parâmetros, os grandes autores, os verdadeiramente imortais, que ali estão só para nos dar nossa verdadeira dimensão. Quantos sonhos, quanta pretensão. Confesso que deixei de ir a sebos. Não só porque, com a idade, a alergia à poeira piorou muito e não consigo parar de espirrar, mas, principalmente, porque encontro lá meus livros. Desde que os vi lá, nunca mais voltei.

O garçom trouxe mais uma rodada de bebidas e salgadinhos, e logo apareceu Lívia. Nelson observava agora como estava bem-vestida, usando joias pesadas, com grandes pedras, ostensivamente rica, mas sem vulgaridade.

— Tudo bem com vocês? Cadê seu copo, Jorgito? Mandei fazer o suco de tomate pensando em você.

Nelson respondeu automaticamente as frases de Lívia, anfitriã perfeita. Estava interessado na conversa com Jorge Lemos, mas isso não o tinha impedido de ouvir paralelamente o papo ao lado, em que um rapaz sentado no braço do sofá perguntava para a velhota sua vizinha se o novo caso de Lívia era o Rique Tavares, que devia ser o tal barbudo. Procuraria informar-se com Simone, ou mesmo com Jorge, caso a conversa descesse de nível para a fofoca geral.

— Você disse que a dificuldade está nela mesma, na Literatura, no querer escrever, no desejo de produzir arte, não na divisão entre

Literatura e Engenharia, como no meu caso. A arte é uma doença? Discordo profundamente desta última parte, se entendi bem.

— Deixe-me explicar. Falo da absoluta incompatibilidade entre a vida e a arte. É um tema muito velho e, mesmo assim, coisa complicada. O artista tem que ter vivido para poder produzir. Mas, no momento da produção, o artista tem que privilegiar a arte e esquecer a vida. Ele vai recriar a vida, se é um grande artista, mas, para tanto, ele a mata. Imagine a seguinte situação, um exemplo bobo: uma praia maravilhosa, um sol delicioso, mar convidativo, corpos jovens expostos, uma alegria para todos os sentidos. O artista ali está e, de repente, algo explode em sua cabeça, exigindo atenção. Há uma urgência, um ímpeto para escrever. Aquela praia faz o artista lembrar a praia da infância, episódios e sentimentos de sua vida passada, que, junto com vivências recentes, retoques de fantasia, buscam uma expressão. Aí há uma total incompatibilidade: ou ele vive o momento presente, atual, usufrui dos prazeres de hoje na praia, ou os rejeita e se recolhe, se fecha, se esconde e recria a vida passada, ou melhor, não a vida passada, recria algo, *cria* algo, dá à luz algo que nunca existiu como tal antes. Um produto híbrido de realidades passadas, fantasias, invenções, reconstruções, falsificações. Você, que é escritor, sabe do que falo. Seria isso "normal"? Seria isso mais próximo de uma doença? Não seria normal simplesmente lembrar que o passado existe, nos constitui, e deixá-lo lá? Para que reconstruí-lo? Por que não ficar simplesmente na praia?

— Mas não seria isto justamente um viver em nível mais elevado? – respondeu Nelson. – Produzir uma realidade mais real que a própria vida, ter a capacidade de recriar a vida, aprisionar o tempo. Não valeria a pena abdicar da praia?

— Talvez. Quando é só a praia, quem sabe valha a pena. Mas quando se abdica de ter uma vida com mulher e filhos, porque de fato são sentidos como incompatíveis com a arte, com a verdadeira arte, terá valido a pena? Ainda mais quando se vê que esta nunca foi atingida e o que você fez foi apenas um tosco arremedo?

Nelson não insistiu, pois intuiu que Jorge Lemos agora falava de si mesmo. Nada sabia da vida de Jorge, mas, repentinamente, ele o viu como um solteirão, morando sozinho, enfrentando o medo da morte, defrontando-se com as impossibilidades de uma vida que se apagava, refazendo o percurso de suas decisões e, quem sabe, arrependido, desejando ter seguido por outros caminhos hoje que encontrava nos sebos seus sonhos de arte, hoje que topava com o esquecimento, e todos seus projetos pareciam vãos. Nelson se condoeu de Jorge e pensou se também passaria por isso no futuro. Estaria também assim?

Duas mãos perfumadas, o perfume de Simone, taparam seus olhos, e uma voz perguntou:

— Adivinha quem é?

Simone vinha acompanhada de Pedro Leite, que disse:

— Esta moça estava angustiada perguntando por você. Está entregue, sã e salva.

Pedro voltou para seu posto no bar, Nelson fez as apresentações de Simone a Jorge e voltou a perguntar:

— Já lhe disse que nada li de seu. Você utilizou muito material biográfico? Como usou sua família?

— Ah, isso é sempre tão diluído... Você sabe... tudo é o autor. Você lembra? "*Madame Bovary c'est moi.*" É assim mesmo. Nada impede que essa conversa amanhã possa parecer transfigurada numa produção minha, ou sua. Estamos sempre à espreita. Alguns de nós somos puros vampiros. Chupamos a realidade alheia, usurpamos vidas. Alguns conseguem esconder mais este aspecto vampiresco, de recriação da realidade, através de uma máscara radical, "surreal", fantástica.

— Mas como você usou sua família? Onde?

— Isso demorou muito. Conseguir falar deles, ter coragem de falar deles. Só no meu penúltimo livro, já com sessenta e cinco anos, é que abordei mais diretamente minha infância, minha família, meu pai.

Era o que Nelson queria ouvir.

— E por quê? – perguntou.

— Ah, mas essa é uma matéria muito difícil, que queima a pena e o papel.

— Você sabe que este é o grande problema que sinto? Todo meu desejo de escrever passa pela minha infância, minha família, e me impeço de escrever justamente por isso.

Aproximavam-se agora Pedro Leite e o crítico João Rodolfo Pereira. Tinham notado que Jorge se mantinha falando com Nelson. Temiam que o jovem convidado estivesse incomodando e aborrecendo o respeitável Jorge, e vieram em seu socorro.

Chegaram bem no meio da argumentação. E Nelson não teve jeito a não ser continuar meio envergonhado o que falava.

— Minha matéria-prima sou eu mesmo, meu passado, minha família, meus amigos. Com que direito posso usá-los em minha produção? Evidentemente é a matéria bruta, a ser trabalhada, burilada, recriada, reinventada. As figuras serão refundidas, compostas, transformadas, misturadas. Mas como verão eles o que vou fazer deles? De nada adiantaria eu dizer "Não são vocês, não apenas vocês, mas como os vi, como os inventei". Temo feri-los, expô-los, atacá-los, vingar-me de todos eles. Quem me garante o que vai sair de minha pena? Temo usar a criação literária como vingança, ataque, expressão de queixas e violências há muito guardadas. Uma panfletária literatura pessoal, que restaria para todos os séculos; vingança terrível, eterna, que ribombaria através dos tempos. Por outro lado, a quem poderiam interessar tais diatribes e picuinhas? Os poucos que assim fizessem seriam exatamente os atacados, os atingidos. Digo para vocês: o sentir, o escrever com ato destrutivo e vingativo realmente me paralisa, me bloqueia, me impede.

Pedro Leite, que ouvia atentamente, falou:

— Não acredito em picuinhas e diatribes, em temas menores em literatura. Não há temas menores. Há escritores menores. Acho engraçado quando ouço colegas dizerem que estão sem um tema, sem um assunto. Não posso dizer para eles que o que ocorre é ter ou não ter talento para abordar o tema, para trabalhá-lo, para produzi-lo. É verdade que a gente às vezes fica paralisado, sem nada escrever. Mas não por falta de temas, e sim, por falta de fogo interno, de gás, de inspiração, sei lá do quê. Do que vem de dentro. Para um bom artista, não há picuinhas. Se você é bom, sua história, seu quintal, sua vidinha, tudo terá reflexos amplos. Infelizmente, na Literatura, ou melhor, na criação artística, reina o mais arbitrário, injusto e aristocrático dos sistemas, o do talento. Isso está longe de ser algo democraticamente distribuído.

Afetado, João Rodolfo lia alto, em inglês fluente, o artigo de Leonard Feather na contracapa de um disco de jazz para uma moça que tinha se aproximado. Era Araci Melo, que vira de longe os três amigos juntos com o jovem e resolvera vir observar o que se passava.

Nelson, encorajado, prosseguiu:

— Você tem razão, Pedro. Não há picuinhas. Há talento e ponto final. Não sei se você concorda comigo, se teria vivido como eu esse problema. Você não acha que o escrever é se expor, entregar-se demais? É como morrer um pouco. Me refiro não só ao medo da crítica, de entrar em confronto com a realidade, checar a diferença entre a pretensão, as mil ideias que tentamos expressar e o resultado conseguido, mas também ao uso de um pedaço de mim, minha história, minha vida, minhas ideias e, de alguma forma, em assim fazendo, perdê-las. De alguma forma, destruí-las ao exorcizá-las. E é como se eu não quisesse fazer isso, não quisesse me desfazer delas. O próprio ato de escrever é uma doação, uma entrega madura, contra a qual me rebelo com raiva. Como se raivosamente me perguntasse por que tenho que fazê-la, quando gostaria de me manter numa atitude mais receptiva, voraz, acumulativa, infantil, como no ato de ler. Ingerir, beber palavras em vez de expulsá-las e ofertá-las.

Olhou em torno com medo de estar aborrecendo. Concluiu que estavam interessados e continuou:

— Tenho de vencer uma grande inércia, como se me recusasse a envelhecer. Me explico: como se quisesse reter comigo um trunfo, uma flor não desabrochada, um vir a ser, um "quando-crescer-farei". Escrever, para mim, é a última fronteira, a perda da infância. É assumir a maturidade, o pleno exercício de todas as potencialidades, o uso dos talentos. O gastar-se, o exaurir-se, o nada mais deixar para o futuro, é colocar tudo no presente, é caminhar para a morte. Então, para evitar isso, nunca estou pronto, nunca é a hora ainda, devo esperar mais.

Pedro assentiu com ar muito interessado. Nelson sentiu que o interesse dele era sincero e ficou feliz, vendo que poderia fazer uma amizade ali. Foram interrompidos pela chegada de Toni Chaves, a colunista social, e foi um deus nos acuda de beijos e abraços. Todos queriam garantir o nome na coluna no dia seguinte. Ela era a última convidada a chegar, e isso permitiu que fosse servido o jantar, à americana.

Araci Melo, que tinha ouvido as últimas falas de Nelson, resolveu que o abordaria e manobrou para ficar imediatamente atrás dele, na desorganizada fila que se formava rumo à mesa, onde fumegava um enorme *réchaud* com estrogonofe de frango. Simone notou a operação de Araci e preparou-se para a guerra.

# SEG(UI)MENTO

e aquele cara estava lá, obstruindo a passagem. Era um gigante – manoplas, omoplatas, ameaça. Fiquei muito tempo, na esquina do beco escuro, armazenando coragem para sair. Afinal, eram 3h30 e, de repente, estava só nesta rua que nem sei o nome, sem saber de onde vim, para onde vou. Só sei que tenho que passar por aquela saída e o homenzarrão está lá, e sei que ele me espera. Mas que posso fazer? Se ficar aqui, morro afogado neste suor frio que me inunda, que o medo me fabrica mais fedorento e úmido, com o estalar de dedos e dentes.

Ameaço um assobiozinho de quem não está com medo, mas que é inútil, pois o que me espera me conhece e sabe que estou apavorado. Aproximo-me cada vez mais da esquina "fatídica", palavra sempre presente nas novelas que minha mãe, fazendo tricô para não roer as unhas, ouvia na nossa casa, no velho rádio feito de galalite, ainda de fabricação americana do tempo da guerra. Os gringos traziam bugigangas para cá – Coca-Cola, chicletes, rádios etc. –, pois tinham uma base aqui em Fortaleza, e por ela teria passado até Tyrone Power. Não sei o que podia o galã fazer na guerra, provavelmente iria divertir as tropas antes que elas partissem para o morticínio.

Pois é, não adiantou o assobio. Ao passar pela esquina, o gigante me pega e, calmamente, segura-me pelos pés, deixando-me de cabeça para baixo, e faz de mim um saco de pancada. Não pude esboçar a menor resistência. Ele me esmurra até se cansar. Começa, então, a tirar lentamente todos os pelos do meu nariz. No começo com os dedos, pois alguns, mais luxuriantes, saíam-me alegremente pelas narinas. Quando não podia mais, tirou do bolso uma pinça e continuou seu trabalho. Empilhou-os todos num pequeno papel que deixou num canto. Depois, foi para as axilas e para o púbis, numa estranha depilação que, inexplicavelmente, poupou-me a longa barba. Aborrecido com tal tarefa, o gigante resolveu fazer outra coisa. Com um facão, cortou-me os dedos um por um e ia cortar-me a perna esquerda quando me deitou no chão e começou a pular em cima de minha caixa torácica. Estranhamente, as costelas não se quebraram, funcionaram como molas daqueles colchões que acrobatas usam. O gigante se deliciava e dava saltos e cambalhotas que iam cada vez mais alto. Começou a ficar cada vez menor e, num pulo final, subiu tal qual um foguete em direção a Vega, ou Aster, se é que existe alguma estrela com tais nomes. Acenou-me enquanto partia. Meus dedos , separados de mim, acenaram-lhe adeus.

Respirei, então, fundo, muito fundo, e inchei como um balão. Liguei o ímã interno, e todas as coisas que o gigante tinha tirado de mim retornaram a seus lugares. Sobraram apenas uns poucos pelos do nariz. Não consegui lugar para eles.

Fui envolvido por uma grande calma. Dormi, e, ao acordar, já era dia alto. Ao encontrar a primeira pessoa na rua, derrubei-a com um golpe de capoeira. Soquei sua cara até estancar o sangue que corria do nariz desde o primeiro murro. Meti minhas mãos na boca do indivíduo: a direita segurando a arcada inferior, o queixo; a esquerda, a parte de cima do rosto. E fiz força, afastando-as, sem parar nem quando ouvi o barulho dos ossos se quebrando, de carnes dilaceradas. Os olhos de minha vítima estavam quase fora da órbita, com o pânico, com a dor, a agonia da morte. Um pequeno puxão e já estão eles aqui. Bebo o humor aquoso e cuspo o vítreo, que fica no chão como uma água-viva e é logo comido por um cachorro que passava por ali. Sinto-me entediado.

As pessoas que passam por nós na rua parecem não nos ver. Vão lá balançando as bundas, os braços, sem nem mesmo saber bem para onde vão. Elas me lembram as baratas que mato toda noite em meu quarto. Elas saem de debaixo do guarda-roupa, tateando o ar com as antenas, cautelosas. Ficam um tempão assim, olhando, perscrutando. As pobres não sabem que de há muito são observadas por mim. Vêm então, quando pensam não haver perigo, aos arrancos. Correm um pouco e param. Mais um pouco e param. Deixo que se aproximem do meu pé. Ao esmagá-las, esguicha um líquido amarelento, de aspecto pútrido. Esfrego bem para que a superfície em contato com o ar seja maior e a evaporação mais rápida. No dia seguinte, há um pequeno pó no local do líquido e as cascas de quitina voam suavemente com os ventos.

Começo a chorar. O mar se agita e em onda enorme avança sobre a terra. Agora estou no meio do mar, agarrado a uma planta que vem das profundezas. A árvore é viscosa e não me inspira confiança. A árvore olha para mim e ri com escárnio. O caminho por onde fugi passava por um cemitério cheio de gente, onde as pessoas choram e brigam, não há lugar para todos os cadáveres, famílias disputam as covas. Numa delas, aberta, o coveiro faz um som gordo e suculento, passando a colher nos tijolos do túmulo. Finalmente, consegue quebrar a pequena parede, pois os mortos, além de encaixotados e aparafusados, são também emparedados e ainda enterrados. Será que temem sua volta? E para onde foram? O coveiro tira de dentro, calmamente, pedaços de madeira de um caixão com apliques de metal que um dia fora envernizado. Tira vários ossos e um crânio que vem com longos e femininos cabelos ruivos a ele grudados. Acho que todos se lembram de Yorick; mesmo os que nunca ouviram falar dele, todos nos sentimos compungidos, possuídos por um sentimento forte e profundo, águas escuras e turvas, sussurrantes fontes no meio da floresta virgem, grutas enormes, negras e cheias de ruídos, plic-plic das águas que escorrem de suas paredes geladas, rios subterrâneos com peixes disformes e monstros abissais, e o silêncio espectral dos satélites, que giram em órbitas espaciais.

Seguindo, passo por uma vitrine onde há inúmeros televisores ligados, todos no mesmo canal, transmitindo um homem gordo e careca, sentado numa mesa, com um copo d'água à sua frente. Fala com exaltação: "...o Brasil é um país católico, o maior do mundo, cuja fé resplandece no coração de seu povo bom, pacífico, respeitador. Deus não permitirá jamais que aqui floresçam as ideologias exóticas, que solertes brasileiros, maus patriotas..."

Um indivíduo bêbado passa aos tropeções pela rua, para um pouco e ouve o que o homem da televisão diz. Põe-se em marcha novamente, mete a mão no bolso para tirar um lenço e deixa cair um papel. Vejo toda a cena sem me mexer. Quando ele se afasta, pego o papel e vejo que é uma carta o que caiu de seu bolso. Começada várias vezes, muitas vezes interrompida, o que se via pelas diferentes cores de tinta de esferográfica e por um trecho escrito a lápis:

> *Nesta tarde quente, minha única vontade é estar nu, numa praia deserta, com você e com a certeza de não ser perturbado por ordeiros e/ou desordeiros. Já teríamos feito amor e estaríamos saciados. Conversaríamos coisas da vida, do mundo, e, de vez em quando, deixaríamos que os ruídos do mar e do vento nos penetrassem, trazendo a história do tempo passado, os planos para o futuro, a imensidão da eternidade. Os ventos nos chamariam para segui-los pelas pradarias do sem-fim, o mar para visitar seus abismos. E ficaríamos tristes, calados, invadidos pela consciência da morte, nossa pequenez e limitação, até que o desejo se insinuasse de novo e nos levasse a nos devorar um ao outro até que a pomba da paz nos trouxesse o raminho de oliveira, avisando que o dilúvio cessara e que o Ararat estava lá, esperando. Aí imaginaríamos o inimaginável: e se um dia deixássemos de nos amar? E se nos separássemos? E se nunca mais nos víssemos? Ou, se nos víssemos, fingiríamos que nunca nos vimos antes? Ou falaríamos de nossas vidas? Choraríamos as mágoas, riríamos*

*as alegrias? Concorda que seria assim? Sei lá… Mas estou mesmo é aqui no trabalho, sem ter o que fazer, batendo o ponto na repartição*

A carta continuava por umas três páginas, algumas cheias de manchas, que seriam de cerveja, escritas num bar, pareceu-me. Amassei a carta, joguei-a fora e saí noite adentro, à procura

# O DÉCIMO DIA

Lá pelo fim do décimo dia, Jonas teve alguns instantes de lucidez, o que não lhe foi absolutamente tranquilizador. Começou a ver uma certa ordem, uma organização naquilo que inicialmente parecia ser o terror em sua forma mais pura e deslavada, um terror que se manifestava em espasmos, em erupções, em ondas aleatórias, imprevisíveis gêiseres de violência. Começou a ver que, ao contrário, aquilo era a manifestação de uma máquina perfeitamente azeitada, planejada, o que era muito mais assustador.

O que Jonas conseguiu divisar no décimo dia é que havia três equipes que se revezavam a cada oito horas, cada uma – com quatro ou cinco elementos – exercia uma função específica. A primeira executava o trabalho sujo, a porrada, o choque elétrico, as coronhadas, os cassetetes, as ameaças concretas à vida, esmagando fisicamente o prisioneiro, usando seu corpo para obter as confissões. A segunda equipe era a "boazinha" – pessoas amáveis, dentro do que era possível chamá-las assim, nestas circunstâncias, ou seja, por oposição ao comportamento das que as precediam. Elas perguntavam o que tinha ocorrido antes, interessando-se pelos hematomas e queimaduras, e, olhando a cara de desespero e desestruturação que Jonas apresentava, fingiam nada saber, lamentavam "excessos" da equipe anterior, diziam não concordar com aquele "método de trabalho". Enquanto isso, iam perguntando, esclarecendo, esmiuçando, aprofundando as informações obtidas no sufoco da fase anterior. Finalmente, havia a terceira equipe, que agia burocraticamente – infindáveis declarações na frente de datilógrafos, que pachorrentamente batiam o teclado de pesadas máquinas, dando-se ao trabalho de apagar os erros com uma borracha azul e vermelha, das que Jonas usava na escola quando menino.

Aí todo o ciclo recomeçava.

A sucessão das três equipes – a mais violenta agressão, a aparente calma e tranquilização, os procedimentos burocráticos – dava a ilusão de uma certa sequência, de um suposto caminhar para a normalidade, e o súbito recomeçar de tudo era completamente enlouquecedor, bem como a constatação de que esta divisão deles em três equipes, que se sucediam com uma sequência temporal, sustentava-se muito tenuemente. A qualquer momento as duas últimas, a "boazinha" e a "burocrática", não hesitariam em exercer a violência mais radical, caso achassem necessário, ou a ordem na qual intervinham podia ser alterada.

Jonas se perguntava que tipo de tratamento estaria recebendo. Imaginava se as pessoas realmente importantes, as que eram mais caçadas, também passariam por aquele processo, se seria algo mais duro e violento. Talvez sim, talvez não. Os prisioneiros não resistiriam a sessões ininterruptas com a primeira equipe, logo morreriam – aliás, sabia-se de vários casos –, e morreriam antes de falar, o que não era desejado por eles. Talvez a própria primeira equipe precisasse de descanso. Talvez aqueles que ali estavam na segunda e terceira equipes exercessem funções diferentes em outros casos, indo para a primeira equipe, por exemplo.

Eram estes pensamentos que, com esforço, Jonas procurava organizar, concatenar, numa tentativa de se situar diante do que lhe acontecia. Naquelas alturas, décimo dia, já tinha dito tudo o que sabia. Na verdade, no terceiro dia já tinha dito tudo de verdadeiramente importante, o que era muito pouco, não era nada na opinião dos policiais, que já sabiam de tudo aquilo, como provaram, lendo depoimentos de outros que ali estiveram antes dele. Acreditavam que ele devia estar escondendo algo mais. Não queriam admitir que tinham pegado a pessoa errada, que perdiam tempo ali. Queriam mais informações para mostrar serviço aos superiores, provar a eficiência da máquina da qual faziam parte e eram o motor.

Estes pensamentos, depois da obnubilação, da confusão total, do espanto, da sensação de queda no abismo, apenas aumentaram o pânico de Jonas, pois se via claramente sozinho, totalmente à mercê daqueles homens, para os quais sua vida não valia absolutamente nada. Homens que sabiam contar com total impunidade e inteiro beneplácito das autoridades, homens que sabiam de seu completo desamparo, dado que não tinha sequer cobertura de qualquer organização política, que, por mais impotente que fosse, pelo menos poderia divulgar sua prisão, organizar algum tipo de ajuda, procurar advogado. Jonas se via como um louco freelancer que estava ali de gaiato, plenamente cônscio de que só escaparia com vida se o humor daqueles homens o permitisse. Bastaria que um deles batesse um pouco mais forte, desse choques mais demorados, sufocasse-o com um pouco mais de força, e ele estaria perdido.

Pensava isso enquanto era levado da cela para um interrogatório com alguém da segunda equipe, os "bonzinhos". Na sala o esperava Capitão Zezinho, que o deixou de pé enquanto o olhava demoradamente, examinando seu rosto inchado e roxo, decorrente dos inúmeros tapas que o Capitão Mangabeira tinha-lhe aplicado nas faces ao segurar firmemente o rosto pela barba.

Finalmente, Capitão Zezinho mandou-o sentar-se e disse, dando-lhe papel e lápis:

— Desenha aí uma árvore!

Aturdido, Jonas posicionou a folha à sua frente e laboriosamente, lentamente, começou a desenhar uma grande e copada árvore, que ocupava quase toda a folha de papel sulfite, com um tronco forte, reto, largo, roliço, com duas raízes protuberantes e uma linha do horizonte que cortava o espaço da folha no terço inferior. Desenhava com calma, devagar, espichando ao máximo os instantes, gozando os momentos de uma relativa tranquilidade, como se aquela fosse uma convivência normal entre dois seres humanos civilizados, educados, que usavam um código aceito pela sociedade dos homens, um código produto da decantação de séculos de convivência humana, um código de falas, de aceitações, de respeito, de procura de entendimento e satisfação mútuas, um código no qual a violência física era evitada e condenada. Era um contraste agudo com o que Jonas tinha passado nas horas anteriores.

Jonas fez ainda alguns galhos pelo meio da folhagem da árvore.

— Tem lápis de cor?

Jonas assustou-se consigo mesmo ao ouvir-se perguntando isso. Pareceu-lhe impróprio, e Capitão Zezinho poderia enfurecer-se, como em outras ocasiões, interpretando seu pedido como uma impertinência, uma gozação, uma provocação. Assustou-se também por reconhecer em si mesmo uma atitude estranha, como se fosse um menininho desenhando na escola, e ele sabia que mais do que nunca deveria estar alerta e usar todos os recursos de sua cabeça, de sua inteligência, para salvar sua pele. Manter uma atitude oposta à de uma confiante criança diante de uma querida professora.

Capitão Zezinho riu e surpreendentemente disse:

— Tem sim – e estendeu-lhe a caixa novinha de lápis Johann Faber.

Jonas coloriu a copa de verde, o tronco de marrom, o céu de azul, a terra de cinza. Deu, então, por encerrado o desenho e percebeu que ele saíra idêntico a um que fizera para dar de presente para o Dr. Alexandre: um requintado desenho de bico de pena, cheio de muitas minúcias. Sua técnica preferida era o desenho, em que podia organizar seu *horror vacui* de uma maneira que lhe satisfazia mais que na pintura. Os largos espaços de cor sempre lhe angustiavam um pouco. Com o desenho, melhor satisfazia sua obsessão detalhista, e era um verdadeiro prazer ficar sentado na prancheta, ouvindo música de câmara, calmamente ir depondo traços e mais traços de nanquim sobre a folha branca até alcançar aquele sentimento de "está bom", "chega", como sentia agora ao entregar o desenho para o Capitão Zezinho.

Este olhou o desenho e depois de algum tempo disse:

— Faz uns frutos aí na árvore.

Jonas pegou novamente o papel e, com o lápis vermelho, desenhou pequenas bolas, maçãs, por toda a copa, dispondo-as de maneira harmoniosa, preocupando-se em não sobrecarregar o desenho de um lado e, assim, desequilibrá-lo.

Capitão Zezinho olhou e perguntou desconfiado:

— Você sabia que isso é um teste psicológico? Você já tinha feito isso antes?

— Não – respondeu Jonas.

— Engraçado – disse, examinando a folha –, isso significa que você não tem inibições sexuais. Frutos é igual a sexo. Também seu tronco de árvore, tão grande, reto, roliço... Essa linha do horizonte aqui, sabia que indica perspectivas futuras, estabilidade?

Ficou em silêncio, pensativo, e Jonas, sem saber o que pensar, também ficou calado. Capitão Zezinho continuou:

— Quando fui escolhido para vir para cá, eles aplicaram vários testes, esse era um deles. Da turma, poucos foram escolhidos. Diziam que eram os mais loucos, os mais pirados, os que vinham para cá. Pura inveja. Mas minha árvore não era assim, com este tronco forte, e, quando me mandaram fazer frutos, eu simplesmente embatuquei e não consegui... Fiquei como um bobo, não sabia como fazer. Lembro que era uma arvorezinha pequena, fininha, torta, boiando lá em cima, no canto esquerdo da folha de papel. Você vê a ironia da coisa; agora fico eu aplicando os tais testes, aprendi os critérios de avaliação. Pra mim, é tudo frescura, mas se mandam... Também tem outra; se fosse levar a sério, eu estava fodido: minha árvore indicava mil problemas, estava lá no livro, problemas de identidade, personalidade psicótica, coisas assim. No começo tomei um susto e lembrei do que diziam, que tinham escolhido os loucos para virem para cá. Depois esqueci, deixei pra lá.

Jonas não abriu a boca, não sabia o que dizer, não sabia onde ia parar tudo aquilo. Seria uma armadilha, um truque para pegá-lo de surpresa, o que esperavam dele? Por que estaria ele falando aquilo? Mas o Capitão Zezinho não parecia esperar respostas e continuou a falar:

— Você tem pesadelo? Eu tenho demais. Tenho medo de dormir. Acordo banhado de suor. Tem um que se repete sempre. Estou numa estepe siberiana, um lusco-fusco glacial, neve para todo lado, e eu estou com um trenó quebrado, devo ir a um determinado lugar distante, andando. Começo a ouvir uivos de lobos, que se aproximam cada vez mais. Estou cercado por eles, e um deles avança e me morde no braço. Mais três me atacam. Caio no chão, e um me abocanha a barriga. É sempre aí que acordo, vendo o lobo com um pedaço de minha barriga na boca, eu olhando para um buraco de sangue na minha barriga. Gostaria de acordar antes ou que fosse diferente. Mas o sonho sempre volta. Fui uma vez a um psiquiatra para ver se ele resolvia isso.

Capitão Zezinho falava como se fosse para ele mesmo. Jonas estava imóvel, com medo de fazer qualquer barulho e tirá-lo daquele transe, no qual se expunha de maneira tão íntima, temendo o que aconteceria quando ele se desse conta de que tinha falado demais para um reles prisioneiro. Também pensou como o Dr. Alexandre interpretaria aquele sonho do Capitão Zezinho. O lobo feroz que o destruía, abrindo-lhe a barriga, castrando-o, seria a representação da agressividade dele, ignorada, projetada? Seria sua culpa inconsciente que fabricava aquele castigo recorrente? As estepes da Sibéria com os lobos seriam os perseguidos "comunistas", os grandes inimigos que agora passavam ao ataque e o destruíam? Que pensaria Dr. Alexandre se o visse naquela situação? Acharia que era fruto de uma atitude autodestrutiva, suicida, uma incapacidade de se autopreservar? De se expor indevidamente, loucamente, sem pesar os riscos? Julgaria ter ele feito nobres gestos de amizade? Ficou perturbado com tais pensamentos e percebeu que tinha desligado a atenção do Capitão Zezinho, que continuava a falar:

— Nestas sessões espíritas melhorei muito. A gente se sentava numa roda, e da cabeça da médium saía uma longa fita branca, como se tivesse um buraco no meio da testa dela, por onde saía a fita, que se desenrolava no ar. Uma coisa impressionante. Era a materialização mais bonita que vi.

Jonas lembrou do avô, que, no fim da vida, começou a namorar o espiritismo e que tinha em cima do birô vários livros sobre o assunto. Livros que ninguém podia pegar, e que os netos olhavam às escondidas; as fotos antigas e grosseiramente forjadas de grandes emissões de ectoplasma, estupendas materializações, algumas delas simples cópias em gesso de clássicas estátuas gregas, bustos. Aquela lembrança foi mais dolorosa para Jonas que qualquer uma das queimaduras, dos choques, dos hematomas no rosto e nas pernas, as marcas do pau de arara, as ronchas pelo corpo. De repente, via sua infância e o trajeto que tinha feito desde então, que desembocava ali, no abismo. Que tinha feito de sua vida? Sua oportunidade de viver, única e intransferível, tê-la-ia desperdiçado? Como toda sua ânsia de viver, de poder, de reconhecimento, de fazer frutificar seus talentos, como tudo isso podia descambar ali naquela sala de interrogatório? Nem ao menos estava ali por alguma especial convicção política, apenas era amigo de seus amigos, protegera ou tentara ajudar um ou outro, mas sempre fora muito cético com qualquer messianismo, o que sempre o afastara de engajamentos mais diretos. Foi interrompido pela voz do Capitão Zezinho, que falava mais alto, mais emocionado:

— A gente vê esses filhos da puta aqui, a gente massacra eles. Às vezes tenho pena, tenho dó, mas logo lembro que eles devem estar pagando agora o mal que fizeram em outras encarnações, em outras vidas. É o destino deles. A gente só ajuda a apressar a passagem deles por essa encarnação. Eu mesmo já matei uns tantos aí, com minhas mãos, estrangulando, ouvindo o som grosso que eles fazem, se batendo, botando a língua pra fora, se mijando todo. É minha missão nesta encarnação. Eu também estou pagando meus pecados em outras vidas.

Jonas estava transido de medo. Perplexo, indagava-se por que Capitão Zezinho lhe dizia tudo aquilo. Era pouco provável que aquilo fosse algum indício de que iria ser libertado: ele jamais estaria falando daquela forma se soubesse que iriam soltá-lo. Talvez significasse que iam matá-lo e, por saber que ia morrer, carregar consigo para o túmulo seus segredos e pecados, Capitão Zezinho fazia uma confissão, desabafava, tentava argumentar, justificar para si mesmo, legitimar seus atos. Podia expressar sem risco seus medos, suas dúvidas, sua angústia.

— Meus lábios estarão selados, minha boca é um túmulo – lembrou Jonas dos antigos diálogos das novelas de rádio.

Capitão Zezinho olhou o relógio. Dobrou o desenho de Jonas em quatro, marcando com a unha os vincos das dobras, voltou a abri-lo e cuidadosamente começou a rasgar o desenho em quatro grandes pedaços. Juntou-os, dobrou-os em dois e voltou a rasgá-los, e assim fez várias vezes, em silêncio, até transformar a folha em pequenos quadradinhos de papel, que ele jogou na cesta a seu lado.

Abruptamente, levantou-se e num tom de voz ríspido, falou:

— Não acredito que você já não soubesse que era um teste. Você falsificou propositadamente os resultados, forjou um desenho sabendo os significados. Tentou enganar-me. O que não me surpreende. Vocês não merecem a menor consideração, o menor respeito. Estamos numa guerra. Vocês jogam com as armas de vocês e nós, com as nossas. Terroristas filhos da puta!

Com lentidão, rodeou a mesa e postou-se atrás da cadeira de Jonas, que, imóvel e gelado, não ousava se mexer. Capitão Zezinho deu-lhe uma coronhada com força na cabeça.

Quando Jonas caiu no chão, desmaiado, Capitão Zezinho ajoelhou-se, cuidadosamente pôs as mãos no pescoço forte e roliço de Jonas, e, em gestos quase de carícia, começou a apertá-lo.

# NATUREZA SÁBIA

Naquela loja especializada em avicultura, havia uma placa na porta com os seguintes dizeres: "Pintos de um dia."

Os pintos ali vendidos eram filhotes de uma raça superior, purificada e planejada cientificamente.

Os ovos, mal as galinhas os punham, eram agrupados em lotes e colocados nas grandes incubadeiras elétricas, onde a tepidez necessária ao desenvolvimento do embrião no ovo era muito melhor do que a tão precariamente oferecida pelas galinhas, às vezes tão volúveis e descuidadas. Aliás, estas se limitam a pôr os ovos, pois, do modo como eram criadas, não havia possibilidade de que elas mesmas os chocassem, o que era muito mais prático, pois não desperdiçavam tanto tempo e produziam mais ovos, muito mais ovos.

Também para acelerar a produção de ovos, eram usados os novos conhecimentos musicais e de efeitos de luz, que confundiam as galinhas no tempo e no espaço, fazendo-as perder o reflexo de pôr apenas um ovo por dia, pela manhã. Não é preciso dizer que tal comportamento as desgastava muito e que, por consequência, seu tempo de vida baixava consideravelmente. Isso, o fato de morrerem cedo, constituía um grande inconveniente no processo de produção. Mas tal problema estava sendo estudado, e esperava-se para breve sua solução.

Outro inconveniente, pela perda de tempo, era o acasalamento. Isto é, todo aquele trabalho de tirar galos e galinhas de suas respectivas gaiolas, colocá-los noutra por determinado espaço de tempo e depois recolocá-los em seus lugares. Mas este estado de coisas logo seria superado, pois a inseminação artificial já era gloriosamente um fato, e sua aplicação em larga escala só está dificultada por mínimos detalhes técnicos.

Pois bem, dos ovos chocados na incubadeira, nasciam os pintos, autossuficientes, sem maiores complicações. Ficavam um pouco atordoados, percebendo-se, assim, de repente no mundo, fazendo parte da complexidade universal, sem a física presença de uma origem, quase abstratamente. Mas ficavam mergulhados numa embriagante sensação de liberdade, não havia coerções nem proibições.

Logo depois do nascimento, eram postos em viveiros feitos exatamente para recebê-los. A altura, o espaço, os lugares de comer e beber, tudo tinha sido planejado e era muito bem distribuído. Eram aquecidos por lâmpadas de incandescência. A comida era uma ração balanceada, estipulada com rigor dentro de suas necessidades nutritivas, suprindo todos os gastos metabólicos. A água que bebiam era sem impurezas, quimicamente tratada.

Na promiscuidade em que viviam, os pintos descobriam logo que eram todos iguais, que nada os diferenciava uns dos outros. O mesmo tamanho, a mesma fina penugem, a mesma cor, o mesmo incansável pipilar. Tal percepção talvez pudesse ser apontada como o único aborrecimento que muito de leve os perturbava.

Assim ficaram. Comendo, bebendo, aquecendo-se, dormindo e, ocasionalmente, brigando, até que vinte e cinco deles, os que estavam mais perto da mão do vendedor da loja, foram comprados.

A nova residência destes vinte e cinco pintos não era um viveiro como o da loja. Era uma simples e grande gaiola, cuja pintura verde já estava desbotando e descascando. Ficava numa área, num pequeno retângulo descoberto de uma casa antiga, apertada no meio de uma longa fila de casas iguais, imóveis na espera paciente do fim, que viria talvez do desgaste ou, de modo mais abrupto, pelas demolições, cedendo espaço para a construção dos grandes edifícios.

Na gaiola continuaram a levar a mesma vidinha de sempre, comendo da mesma comida, bebendo da mesma água. Cresciam sem graça e sem sabedoria. Mas engordavam, o que era a única preocupação do dono do viveiro. Ainda brigavam de vez em quando, para quebrar a monotonia e para mostrar as penas levantadas do pescoço, pois estas já começavam a aparecer, substituindo a fina plumagem anterior.

A única diferença em relação aos velhos tempos, se bem que agora menos importante, era o aquecimento. Ali, somente em algumas horas do dia o sol conseguia penetrar diretamente. Era um corre-corre para pegar os bons lugares naquela quente iluminação. Mas, nas outras horas, frio não sentiam. Os ventos ali quase não passavam. Era antes uma umidade, uma opressiva atmosfera de bolor e traças, que os deixava um tanto lânguidos, em indiferente torpor.

Tinham tudo, e a maioria estava plenamente satisfeita.

Mas aqui e ali, alguns tinham dúvidas. Quando captavam estes pensamentos saídos com dificuldade da densa materialidade, perguntavam-se: seria aquele o único modo de vida?

E intuíam a existência de um outro mundo, esfuziantemente verde, além, bem longe das altas paredes de alvenaria, das edificações de concreto, do labirinto das ruas.

Pressentiram, talvez, os carinhos maternais, escondidos no recanto mais umbroso e acolhedor da capoeira, num ninho de palhinhas, folhas e penas bem macias. Pensavam na existência de outros pintos, estes sem raça nem família ilustre, das mais bizarras cores, correndo livremente pela areia, ciscando, deitando-se e espojando-se nela, que delícia, e, quando cansados ou perseguidos, correndo para a ternura e a proteção de asas fortes.

E a comida? Seria tão descuidada, variada. Pensariam eles na excitação de comer um bicho vivo, minhoca, besouro, formiga! E fantasiavam: primeiro, a curiosidade de seguir algo em movimento, depois dar uma bicada tímida e pronto. A violenta emoção em que seriam engolfados e que os obrigaria a bicar, bicar furiosamente o corpo que estrebucharia, o frenesi que os obrigaria a continuar até sentir a vida escapar e ser sugada, numa sensação de êxtase. A alegria selvagem do vencedor comendo sua presa, a participação definitiva no ciclo da sobrevivência.

Não entendiam bem estas emoções, assim como ignoravam o sussurro dos ventos na mataria, o móvel rendilhado da sombra no chão, o perfume das florinhas sem nome, a cor e forma das coisas, enfim, o impacto do mundo real. Só pálidas e ocasionais suspeitas. Mas iam vivendo, tinham de fazê-lo.

Às vezes, o dono descuidava um pouco do asseio do viveiro quando excrementos, restos de comida e água formavam uma desagradável massa, que era a delícia das moscas – que apareciam aos enxames.

Disto os pintos gostavam. Era a oportunidade de comer qualquer coisa diferente. Seguiam interessados no voo das moscas e, quando uma mais afoita facilitava, estava no papo.

Um dia, as moscas iam e vinham, e os pintos, excitados, tentavam caçá-las, dando pulos e bicadas a torto e a direito.

Num dos pulos, um pinto prendeu o pescoço numa malha da tela de arame da gaiola. Debateu-se freneticamente e conseguiu se libertar. Mas ficou ferido e sangrava muito.

O sangue pingava com despreocupação no chão do viveiro, fazendo uma massa viscosa com os pós de ração balanceada, dando um colorido berrante à imundice já existente.

O pinto, então, começou a piar com terror, no que foi totalmente ignorado pelos outros. Sentia-se cada vez mais fraco, exausto, até que uma moleza geral o invadiu e ele perdeu a consciência. Logo a recuperou com a algazarra que apareceu na gaiola. Estavam mudando a ração e a água. Todos corriam e se agitavam, na ânsia por água e comida novas.

Ao tentar levantar-se, lentamente, como o fez, os outros notaram sua debilidade. Chegou com cautela ao comedouro e procurou enfiar a cabeça por entre os corpos dos outros, e já ia começar a comer, quando um violento safanão do vizinho o fez cair e perder a vaga, logo ocupada por outro. Normalmente, ele teria se firmado nas pernas, teria voltado, com violência teria bicado o vizinho importuno, recuperaria seu lugar e voltaria a comer. Mas não agora. Nada podia fazer. Ainda tentou, mas como o fez de forma débil, o outro certificou-se de sua fraqueza e revidou ainda mais fortemente.

O pinto ferido resolveu, então, afastar-se de todos e esperar que os outros se empanturrassem para poder voltar. Já a fome berrava em suas entranhas, e ele precisava mesmo comer bem, estava fraco.

Quando os outros se fartaram, aproximou-se timidamente do comedouro e viu que ainda restavam alguns grãos no meio das penas, pós e triturados. Lançou-se com voracidade à comida, mas um outro pinto qualquer o saudou com uma bicada, que lhe abriu a ferida e fez o sangue voltar a jorrar.

Aquele estranho fenômeno despertou a curiosidade dos outros pintos, que vieram constatar que bicar o pinto ferido fazia sair dele aquele líquido vermelho. E não se fizeram de rogados. Bicaram e bicaram o pinto ferido, que mal se defendia, já prostrado no chão.

Suas penas eram arrancadas, ele piava, os outros ainda bicavam e o sangue corria.

Anoitecia, e ele não teve forças para se levantar e tentar agrupar-se aos outros, como fazia todas as noites, para dormirem aconchegados. Além do mais, temia ser ainda agredido.

Deixou-se ficar na poça de seu próprio sangue, sentindo a onda de repugnância e desespero avolumar-se ao infinito. E morreu.

Ao amanhecer, o dono do viveiro viu o pinto morto, pegou-o com um pedaço de jornal e o jogou no saco de lixo. O saco depois foi posto na rua, onde, no horário habitual, passou o caminhão da limpeza pública, recolhendo o lixo das casas e levando-o para o grande depósito de lixo da cidade.

No primeiro dia, o pinto apodreceu ao ar livre, à flor do lixo. Nos dias subsequentes, carradas e carradas de detritos o sepultaram. Mas só temporariamente, pois, passadas algumas semanas, o serviço de industrialização do lixo veio com seus grandes transportes e escavadeiras e levou todo aquele material para as fábricas, onde ele foi transformado em adubos, fertilizantes, fermentos.

# BOLO "LUÍS FELIPE"

José tinha uns doze ou treze anos e amava a mãe acima de todas as coisas. À noite, já na cama, entre os dois irmãos – o Pedro e o Maneco –, José costumava fazer minucioso levantamento do dia: quem estivera mais tempo com a mãe, como fora a atitude dela para com cada um em particular e se remoía de ciúme. Teria ela dado mais atenção ao Pedro na hora do almoço? Ou ao Maneco?

Os irmãos, entretanto, eram mais velhos, saíam mais, iam brincar, jogar bola. Mas não José. Estava sempre ali junto da mãe enquanto ela bordava no bastidor, sentada na poltrona da sala, contando histórias de sua vida passada, do esplendor e riqueza da casa do pai dela, das colegas de escola, suas aventuras, os fatos de sua vida atual.

Uma ocasião sempre esperada era a de sair sozinho com ela, quando ela ia às compras ou a festas de família, a aniversários de tias, por exemplo. Nessas ocasiões, a mãe levava um dos filhos de cada vez, escolhido por ordem de idade. Na vez de José, para ele, era a suprema felicidade. Tinha a mãe só para si.

Assim aconteceu no aniversário de tia Marieta. Esta tia acabara de chegar da lua de mel e era a primeira vez que recebia a família em sua casa, uma espécie de inauguração, sua pré-estreia como dona de casa. José e a mãe estavam curiosos com o monte de novidades que os aguardava – a casa, os móveis, os objetos, a louça, os talheres – e conversavam a respeito quando para lá se dirigiam. Esperavam também que Tia Marieta servisse um "Luís Felipe", o bolo no qual era perita. A expectativa de degustar tal iguaria era um atrativo a mais. Aquele bolo melado, gorduroso, brilhante, mole, macio, era a iguaria preferida de José. Em sua casa, por motivos de economia, comia-se uma imitação, um falso "Luís Felipe", uma receita mais barata, diminuída a prodigiosa quantidade de ovos e manteiga da original.

Era cedo da tarde quando chegaram, mas a casa já tinha sido tomada pelas muitas tias que, apesar do contato frequente, quase diário, de se telefonarem sempre, tinham um manancial inesgotável de assuntos. Como eram muitas, em função das brigas e fofocas, agrupavam-se e reagrupavam-se em blocos dos mais diversos, embora as que exerciam a liderança se mantivessem acima do vaivém das contingências. A mãe de José, por exemplo, era a inconteste e imbatível chefe de um bloco, bando temerário, poderoso e invejado pelos demais. Até merecera o apelido de "marechala", tal a imponência e majestade que ostentava na chefia de seu bando.

Mas não é à toa que se tem doze ou treze anos. O grande amor pela mãe não era suficiente para fazer José sentir-se bem ali perto dela, na sala de visitas, onde estavam as poltronas forradas de plástico e algumas cadeiras de balanço, refletidas no mosaico muito limpo e encerado, que dava uma sensação de frescor e sombra, em contraste com a luminosidade dura e o calor do sol lá fora.

Era o único homem no meio daquelas mulheres. As conversas se inflamavam, prováveis disputas de grupos, malhação das ausentes, mas José não conseguia se interessar, como acontecia na maioria das outras vezes. Estava preocupado, pois seu amigo, o Joca, lhe confidenciara que tinham crescido todos seus pelos pubianos, como atestavam os das axilas. E os de José, nada. José até tinha mentido antes, dizendo para outro amigo que os dele já tinham crescido e, num acaso infeliz, logo depois aconteceu de ter que trocar a roupa na frente do tal amigo, passando por um grande vexame.

Joca tinha aconselhado José a raspar o púbis, para apressar o crescimento dos pelos, o que José fez diligentemente, sofrendo coceiras e comichões, fazendo mil malabarismos para levar a gilete e o aparelho de barba do pai para o banheiro, já que ele costumava fazer a barba ao ar livre num espelho pendurado no alpendre. O aparelho ficava na prateleira, junto com o Brylcreem, a Quina Petróleo, o creme de barbear Williams e o pincel de barba, maleável, sedoso, com o qual costumavam brincar José e os irmãos, apesar das reprimendas do pai.

Naquele momento, pois, nem a presença da mãe, refúgio de todos os atropelos, proteção forte e poderosa, poderia tranquilizar José. A cabeça fervilhava. Medo de ser "diferente", "atrasado", como diziam os colegas. Pavor de os peitos crescerem muito. Lembrava os casos aterradores que lhe tinham contado. Ele mesmo tinha um amigo, o Bené, cujos peitos ficaram inchados, duros, e que não tirava a camisa sob hipótese alguma. Tinha até abdicado de ir à praia com a turma por este motivo. Para José e Joca, amigos íntimos, Bené condescendera em expor sua miséria sem temer chacotas, mostrando, então, os peitos intumescidos, encaroçados, "parecidos com os de mulher", comentaram os três, estarrecidos, excitados, curiosos, perplexos.

José, na verdade, até preferiria ter peitos intumescidos. O pior era que nada acontecesse. E, para tal terror, não havia muita escapatória. Falar com o pai era absolutamente impensável e com a mãe, muito menos. Os irmãos mais velhos e os amigos não eram muito confiáveis. Ridicularizavam-no ou o tranquilizavam de maneira incompetente.

José também se preocupava, é claro, com a ejaculação, que também não vinha. Uma vez estava conversando com Bené e Jonas, quando Nildo chegou trazendo um manuseadíssimo exemplar de *O barbeiro do rei*, a famosa revistinha da qual todos já tinham ouvido falar e desejavam ver, e que rodava de mão em mão, numa peregrinação pelos banheiros da vizinhança. Ali estava ela, finalmente, caprichosamente desenhada. O barbeiro, com seu imenso pênis, tendo relações com o rei, a rainha, a princesa e quem mais passasse por perto. José, apesar de muito excitado, recusou-se a participar da masturbação em grupo ali, para não se humilhar com a falta de ejaculação, para não aparecer com as partes pudendas, embora todos compreendessem que sua recusa denunciava o que queria esconder.

Esta era a magnitude dos problemas de José naquela tarde, sentado entre a mãe e a avó, desatento às opiniões cortantes e irônicas da mãe – coisa que o deliciava na maioria das vezes –, sem usufruir, como sempre o fazia, do prestígio notório que a mãe gozava entre as irmãs, prestígio derivado do que tinha com o pai, avô de José, déspota não esclarecido, mas que sabia prestigiar seus protegidos.

Pela sala passava a cachorrinha da casa, a Laika – como tantas outras na época, em homenagem à cadelinha astronauta russa. Tia Marieta pediu a José que a levasse ao quintal. Era um quintal muito quieto, diferente do dele, que era cheio de meninos, de roupas estendidas no quarador e nos varais, de galinhas no galinheiro, quintal que tinha o Comanche, velho cachorro cheio de carrapatos, latindo amarrado com a corrente entre árvores plantadas pelo pai. Ali não, tudo era calma e desolação sob o sol quente. Apenas duas goiabeiras de pequeno porte se erguiam no meio da areia cinzenta e fina que o vento levantava em nuvens de pó, o que sempre fazia José pensar no Saci. Não podia ver um redemoinho que queria lançar uma rede e prender o Saci, tê-lo como amigo, para que também fugisse e também delicadamente lhe deixasse, como no livro de Monteiro Lobato, um "*forget-me-not*". José se orgulhava de saber esta expressão em inglês.

Longe do barulho das mulheres, sentado no batente da porta da cozinha, que dava para o quintal, José estava mergulhado nesses pensamentos, quando Laika aproximou-se, farejando-lhe o pênis. Cheirou e cheirou, e seu focinho leve e maneiro, quente e pesado, deixou-o de sobreaviso. José, então, começou a acariciá-la, como tantas vezes tinha acariciado cães e gatos. Mas nunca daquela maneira. É claro que também muitas vezes tinha se masturbado no banheiro, na rede do alpendre, na cama, mas nunca daquele jeito, ali, com uma sensação de perigo, de ser flagrado por todas as mulheres da família que papagueavam tão perto e, basicamente, por sentir um corpo quente e macio à mão, acariciando o corpo de Laika, que, deitada de papo para o ar, com as pernas abertas, oferecia-se lascivamente para José, lançando lhe ganidos suaves, olhares úmidos, aquosos, pidões. José viu-se enfiando o dedo no orifício vermelho, liso, melado, brilhante, girando-o maquinalmente, guiado por uma sabedoria milenar. E veio-lhe o gozo, forte, trazendo uma surpresa maravilhosa, pois, numa onda que vinha de dentro dele, incontrolável e poderosa, explodia a tão esperada ejaculação em jatos que caíam na areia, marcando na terra a fecundação primeira, mítica, telúrica.

Aquelas poucas gotas, aqueles pequenos jatos, aquela leitosa e visguenta secreção encheram José de uma enorme alegria. Era um homem. A mão molhada, José levou-a ao nariz, para aspirar aquele odor estranho, fabricado nos recônditos dele mesmo e depois à boca, sentindo o gosto salgado. Ao mesmo tempo, pensou pela primeira vez nos filhos que poderia ter um dia. A alegria era imensa, transbordante. José queria comunicá-la, transmiti-la para alguém, aos amigos, Bené, Nildo, Joca.

José ficou ali, envolvido pelo orgulho de sua masculinidade. Sentia-se no limiar de algo novo e também muito sozinho, até a mãe vir chamá-lo. Era a hora do lanche, a hora dos bolos, do guaraná, da Coca. A hora do esperado "Luís Felipe".

José sentiu-se separado, distante da mãe. A partir daquele momento, algo se instalara entre eles, afastando-os definitivamente um do outro. Algo que os tornava inalcançáveis um para o outro. Já não seria mais seu filhinho querido nem poderia mais ouvir suas confidências, ficar na barra de sua saia. Também não lhe interessava mais comer o "Luís Felipe", que estava ali no prato da tia, de porcelana Schmidt, florido e simpático. Ansiava por estar com os amigos e contar-lhes a boa-nova, e ingressar sem mais reservas no mundo deles.

Só tinha uma dúvida. Seria prudente falar da participação de Laika nos acontecimentos? Decidiu, então, omitir as circunstâncias do magno evento.

# FEITA PARA QUEM NÃO ESTÁ MORTO

*Esta cidade*
*É um grande porto*
*Aberto à luz*
*E à maldade*
*Feita para quem não está morto,*
*Vê se me entende.*
Antônio Cícero/Marina em "Zerando"

Vinha dirigindo numa boa pela Augusta e atravessei a Paulista, acelerando, dentro do zunzum do trânsito da tarde, duas horas, um calor e um solão que só dava vontade de piscina, praia, saudade de Ubatuba, Caraguá. No rádio, Marina cantava, a banda acompanhava, tchum-tchum-tchum, "esta cidade, é um grande porto, aberto à luz e à maldade, feita pra quem não está morto, vê se me entende (...)". De repente – tchuko –, bati de frente numa mulher que estava atravessando a rua por entre os carros, a louca. Freei, o carro de trás bateu na minha traseira, um barulhão. Saí do carro pra ver o estrago. A mulher estava no chão, a cabeça parecia amassada, devia ter batido no meio-fio ao cair, e da boca saía sangue, o olhar esgazeado.

Por um instante tudo parou, mas logo ouvi as buzinas e uma roda se formou em torno da mulher. Um homem de macacão azul se aproximou e perguntou algo a ela, que não respondeu. Outras pessoas se aproximaram, e eu mesmo cheguei mais perto. Comecei a dizer algo:

— Ela passou na minha frente de repente, longe da faixa de pedestre... – Mas o olhar severo e reprovativo de um senhor de óculos me desencorajou a ir em frente e me calei. Tentavam agora levantá-la, e mais sangue saía de sua boca. Aí apareceu um homem que falou alto e firme: sou médico, deixe-me examiná-la. Olhou, apalpou a mulher e disse:

— Quem atropelou? – Olharam para mim e dei um passo à frente. Ele ordenou:

— Rápido, rápido para o hospital, precisa fazer exames, raios X, ver fraturas e rupturas de órgãos internos, rápido, rápido. – Foi falando e chamando gente para colocá-la no meu carro. Não pude fazer nada a não ser abrir as portas traseiras e deixar que a depositassem ali. "Rápido, rápido", dizia o médico, e me mandou ir para o Hospital Santa Catarina, o mais próximo dali, no começo da Paulista. Fechou a porta, a roda se desfez, e eu ainda perguntei:

— Alguém vai comigo? – Mas não havia mais ninguém ali para responder; o médico já ia longe e o aglomerado se desfizera, as buzinas continuavam e eu dei partida no carro.

Olhei para o banco de trás e a mulher respirava com dificuldade. Saía sangue do machucado na cabeça e de sua boca, manchando o banco, o carpete, e eu não conseguia andar, o trânsito parado. Depois de alguns quarteirões, ouvi um barulho borbulhante de tosse, seguido por um silêncio. Olhei pra trás e vi mais sangue jorrando da boca da mulher; achei que ela tinha morrido. Estava imóvel, olhos abertos. Gelado, avancei mais um pouco no trânsito, não estava longe do hospital. Olhei de novo para a mulher, ela parecia mesmo morta.

Com o estômago embrulhado pensei – sou o culpado dessa morte. Eu sou o culpado dessa morte. Culpado da morte. Mas sou mesmo? Não, não. Foi a mulher quem apareceu de repente no meio do trânsito, no meio dos carros, ela é a culpada, não eu. Sou só o infeliz que dirigia o carro, ela que se jogou em cima, sem prestar atenção por onde andava. Puta azar. Agora, no hospital, fazer depoimento policial, enfrentar a família, haja saco! E ela morta. Mas espera um pouco. Quem disse que tenho de ir ao hospital, por que não continuo dirigindo o carro e deixo o corpo em algum lugar, alguma periferia deserta, na represa de Guarapiranga, por exemplo? Estou sozinho, ninguém está me controlando, quem vai saber? Morta ela já está, não faz diferença que eu a deixe no hospital ou em qualquer outro lugar. E eu me livraria das chatices.

Estacionei o carro numa rua sem movimento para ver se ela estava mesmo morta, se o sangue que ela tinha vomitado não estava pingando fora do carro. Não era tanto sangue, estava tudo bem. Mais calmo, pensei o que fazer. Não podia simplesmente sair correndo feito louco para pegar a 23 de Maio, em direção a Washington Luís, a Socorro, rumo à represa de Guarapiranga. Ou podia?

Era um risco muito grande. E o pessoal que estava lá na hora do atropelamento? Um deles pode ter anotado a placa do carro, o médico pode querer saber no Hospital Santa Catarina da mulher atropelada na esquina da Augusta com a Paulista. Tinha ainda o problema do carro, a funilaria, a lavagem do sangue. O carro não tinha ficado muito amassado na frente; atrás, sim, mas o cara que bateu em mim quando brequei desapareceu lá, nem vi. E se me pegam com o corpo, como fica a coisa? Como me explico, o que pode acontecer? E na represa, como vou tirar o corpo e garantir que não fui visto?

Calma, calma, vamos com calma. Não posso ser responsabilizado e punido pelo acidente. Não fiz nada de errado e acho que nisso todo mundo vai concordar. Foi um infeliz acidente, a forma descuidada como ela atravessava a rua. Cumprindo com minha obrigação, estou levando ela para o hospital e ela morreu. Foi isso o que aconteceu e é isso o que vou dizer, não tem que ser diferente. Tenho de levar ela pro Santa Catarina, como posso pensar em deixar ela na Guarapiranga?

A verdade é que, mesmo que não tivesse risco, eu nunca deixaria seu corpo na margem da represa para ser encontrado sabe-se lá quando. É demais pra minha cabeça, não dá.

Até então só pensava no azar que tive e como me livrar desse imenso abacaxi. Agora, olhando para o banco traseiro, vejo um ser humano falecido e automaticamente ajeito seu corpo, fecho sua boca, seus olhos.

Era uma mulher de uns quarenta anos, uma mulher forte, grande, vestida de maneira simples, uma calça jeans, um cinto plástico vermelho, sandálias vermelhas de tirinhas e uma blusa de listras verde e rosa. No cabelo espesso, castanho, uma fivela também vermelha. Tudo isso meio emporcalhado pelo sangue que tinha manchado suas roupas e grudado no cabelo, no rosto.

Imagino ela saindo de casa de manhã bem cedo. Tinha escolhido aquelas roupas, aqueles adornos, combinando com cuidado, vestindo-se depois do banho. Não sabia que, horas mais tarde, estaria morta no carro de um estranho. Era casada, tinha filhos? Trabalhava em algum lugar? A bolsa dela, que vi quando alguém jogou dentro do carro antes de sairmos da esquina da Augusta com a Paulista, está ali, mas é melhor não saber nada sobre ela, pelo menos por enquanto, pois logo vou saber muito.

Ao imaginar como seria a vida dela, comecei a pensar na minha própria vida. Desde que me separei de Regina, nunca mais me acertei com mulher alguma. Namoro, transo, elas vão no apartamento e, quando sacam que nada de sério vai sair dali, caem fora. Volto sempre para o apartamento vazio, a televisão e a cerveja, o sono entrecortado, até acordar no dia seguinte para trabalhar. A mesmice de todos os dias. O atropelamento, a morte daquela mulher, quebravam minha rotina de forma violenta. Sem me consultar, o acaso me escolheu como o carrasco dela e me deu a obrigação de devolver seu corpo à família, jogando-me no meio de uma tragédia pela qual não posso ser responsabilizado , mas da qual fui o agente, o que me deixa abalado, como deixará também a família dela. Estou ligado a essa mulher desconhecida não só por ter causado inadvertidamente sua morte mas porque ela me lembra que também eu um dia serei – atropelado ou não – igualmente abatido, como, afinal, seremos todos nós. Alguém vai então tomar as providências com meu corpo.

Mas ainda não estou inteiramente convencido do que fazer. Apesar dos perigos e riscos, ou até mesmo por causa deles, a ideia de abandonar o corpo da mulher na Guarapiranga tem algo que me atrai e seduz. Se a coloco em prática, faria uma coisa inusitada, única, imprevisível. Ninguém faz uma coisa dessas. Só alguém muito diferente, que afronta as normas, os costumes, as leis, que não se intimida com a morte, que a enfrenta com o mesmo descaso que os assassinos profissionais, que friamente executam suas tarefas e desovam os corpos de suas vítimas em lugares ermos. Alguém fora do rebanho dos homens comuns, cordeirinhos que seguem de cabeça baixa as convenções e as obrigações. Indo para Guarapiranga crio um novo eu, me transformo numa outra pessoa, com um segredo que me deixa fora massa, faz de mim um ser especial.

Mas, espera, espera. Porque faria isso, só pra escapar da chatice do encontro com a família e a burocracia? Sei que não tive culpa, foi ela que atravessou entre os carros em movimento. Arriscar tanto só pra me sentir especial, "fora do rebanho"? Estou louco. Como posso pensar isso?

Dou partida no motor do carro sem saber ainda para onde vou – pro Santa Catarina ou pra Guarapiranga. E tenho pouquíssimo tempo pra decidir.

# CARA DOUTORA FRIEDA

Já faz quase dois anos e meio que interrompemos "nosso trabalho", como diria a senhora.

Por inúmeras vezes pensei em voltar para me queixar do desperdício de tempo e dinheiro, para lhe dizer que em nada me tinha ajudado a análise, para lhe dizer que voltara tudo, tudo. Por inúmeras vezes tive de me conter, lembrando suas interpretações sobre minhas regressões, meu eterno desejo de continuar como criança, de não querer me ver como adulto. Aí então, num misto de raiva, de frustração e resignação, colocava-me a mim mesma no colo, dava-me umas boas palmadas na bunda e mandava esta criança que mora em mim parar de encher o saco e ir brincar lá fora, que os adultos têm que trabalhar e ganhar a vida.

A senhora deve estar pensando "Bem, ela voltou 'agorra' com esta carta, 'non'?" Sim e não. Deixe-me explicar melhor. Fui ao simpósio sobre sexualidade humana, promovido por uma revista destas, e a ouvi falar.

Era a primeira vez que a via desde o fim da análise. Vê-la foi um choque, pois, além do alívio – que logo explico –, tudo pareceu-me estranho. Sua voz e sua pessoa me pareciam muito familiares mas radicalmente diferentes do que eu julgava ser, do que guardara na memória. Tão perturbada fiquei que não entendi uma palavra do que dizia. Fascinada, olhava para seu rosto, sua boca pintada, suas mãos inquietas brincando com o isqueiro, seu português capenga, o sotaque alemão.

Durante aquelas três horas, vê-la debater com as pessoas da mesa e responder às perguntas do auditório me trouxeram impressões inesperadas, tão contraditórias, difíceis de organizar. Ora me parecia uma pessoa tranquila e bondosa, ora, na maioria das vezes, alguém impaciente, irritada, nervosa, cheia de nós pelas costas, ouriçada, irritante. Lamento dizer-lhe que a impressão geral foi de que a senhora é uma pessoa de trato difícil, uma pessoa dura, áspera, alguém a quem tem-se de ir com cuidado. No final, pensei em ir cumprimentá-la e simplesmente não consegui. Vi de longe o grupinho à sua volta, sorridente e falante, e aí senti um ressentimento surdo, uma espécie de ódio, uma coisa muito esquisita.

Já em casa, revirei meu arquivo de interpretações para me entender. Imaginei o que a senhora diria: vivências de abandono, ciúmes, ódios decorrentes daí etc. Devia ser tudo isso, pois me acalmei. Aí me deu uma vontade de lhe escrever, falando de mim, de como estou, na suposição de que também seria de seu interesse tomar conhecimento da evolução de um caso clínico seu.

Vou falar como se a senhora se lembrasse de tudo, das pessoas, dos lugares. Pretensões minhas facilmente interpretáveis, mas vou ignorar estas possíveis interpretações, pois, se pensar mais demoradamente, chegarei à conclusão de que não devo lhe escrever, que não tem sentido, que não é nada disso. Não espero resposta nem a desejo. Falo sério. Que isto lhe tranquilize. Entenda esta carta como um acerto de contas.

Começando pelo começo. Quando paramos o tratamento com a "alta", como reagi? Um momento de perplexidade, um mergulho no vazio, um frio na barriga e uma enorme depressão, da qual, devo dizer-lhe, não me recuperei inteiramente ainda. Lutei bravamente para não me entregar por inteiro, continuei trabalhando, tocando minhas coisas, e assim vou indo. Quando, desesperada, usava o arsenal disponível: suas interpretações sobre o final da análise, a dor da separação, das perdas atuais que faziam renascer todas as antigas e eternamente dolorosas perdas do passado.

Enquanto estava nesta luta, convencendo-me e batalhando, veio-me um grande golpe. Soube que a senhora tinha dado alta também para mais cinco outros pacientes numa sucessão de poucos meses. Ora, suponho que alta em análise não é como uma fornada de pão. Confesso que gostaria de não ter sabido de tais fatos, pois, a partir daí, uma dúvida se instalou em minha cabeça. A ideia de que minha alta, até então valorizada como fruto de um processo pessoal, prova e desafio de meu próprio crescimento, tal concepção, que me ajudava a enfrentar as dificuldades inerentes da situação, foi por água abaixo. Passei a achar que de fato fui enganada, seduzida, jogada para fora antes do tempo, em função de seus interesses.

Bom, aí a coisa complica, exige que eu confesse um pecadinho, algo que não pude lhe falar durante a análise. O caso é que soube de seu câncer de mama. A autora involuntária da inconfidência foi a secretária do Dr. Zuckermann, seu primo dentista, como descobri naquele momento em que candidamente acompanhava Thomas para uma obturação de molar.

Aquilo me deixou completamente arrasada. Jamais poderia abordar o fato com a senhora. Acho que entramos num acordo tácito. De minha parte, resolvi "melhorar" de meus sintomas e minhas queixas perante o pavor de ficar e vê-la deprimida, murchando, morrendo. Como poderia manter-me infantil e louca se a senhora já tinha um problema tão grande? Neste sentido, como mencionei anteriormente, vê-la no simpósio foi um grande alívio. Achei-a com aspecto bom e saudável, até mais bem-cuidada, pois finalmente a senhora resolveu pintar os cabelos; e de acaju! Com isso, a senhora perdeu o ar de desleixo e desamparo que o cabelo grisalho lhe dava, como tantas vezes lhe dizia. Ouço-a, dizendo: "esta é uma exigência machista, só os homens podem ficar grisalhos, 'non'? Veja o retrato de Doris Lessing".

Assim, fugindo, dava-lhe o tempo que julgava necessário para a senhora elaborar a retirada das duas mamas, para se recompor. De sua parte, era exatamente o que precisava: livrar-se de alguns pacientes, ter mais tempo livre para dedicar a si mesma. Juntou a fome à vontade de comer, daí nosso acordo secreto.

Entretanto, com tudo isso, senti-me muito prejudicada, enrolada, manipulada pela senhora, jogada fora do colo, do útero, sentindo-me totalmente incapaz de lidar com as exigências da vida.

Não pensei tudo isso de imediato. Só gradativamente cheguei a tal conclusão. Falo como se tudo fosse coisa do passado, mas não é. Ciclicamente, voltam-me todas estas ideias para me obcecar.

É verdade que, para o veneno de tais elucubrações, há o antídoto de suas interpretações; as já gastas, surradas mas nem por isso menos eficazes interpretações a respeito das vivências de abandono, com todos os ódios e culpas e perseguições que desencadeiam.

Mais calma, argumentava comigo mesma que todos os analistas necessariamente têm problemas pessoais como todo mundo, problemas maiores ou menores, que podem interferir mais ou menos nas análises que realizam. Vamos supor: se eu estivesse com outro analista e nada soubesse de sua vida, isto não impediria que ele tivesse problemas que pudessem dificultar sua capacidade de trabalho. A grande diferença é que, por acaso, eu tinha conhecimento dos seus.

Fazer estas argumentações me acalmava, deixava-me reconciliada com a senhora. Só que tinha e tenho de percorrer estes raciocínios inúmeras vezes para controlar os sentimentos intensos que despertam em mim. O inconsciente é repetição, dizia a senhora. É mesmo, posso afirmar com mais certeza agora que durante a análise. Depois, tenho que mencionar sua inteligência, sua agudeza de percepção, dotes que tantas vezes me deixaram louca de inveja. Pensava: de que adiantaria continuar anos a fio com um analista-que-não-me-botasse-pra-fora-por-causa-de-problemas-pessoais, como julgava ser seu caso, se ele fosse burro e tapado, cego como uma toupeira, como sei que os há?

Quando todos os meus sintomas voltaram, tudo, tudo, esta argumentação pesava a seu favor, bem como outras constatações que exigem novas confissões.

Dei-me conta, ao parar a análise, de que muitas vezes lhe ocultava fatos, acontecimentos, nada que parecesse muito grave. Era assim: quando me acorria algo que me enchia de vergonha, preocupações, angústia, que me era difícil relatar-lhe ou mesmo relembrar, eu simplesmente omitia o ocorrido e lhe contava um de meus abundantes sonhos, já que minha "produção onírica", como a senhora chamava, nunca me deixou na mão. A propósito, devo dizer-lhe que continuo sonhando muito e que aquele sonho de andar nua pelas ruas entre a multidão continua me atormentando periodicamente.

Lembro-me, só para lhe dar um exemplo, de um dia em que fui ver um apartamento. Estava me separando mais uma vez de Thomas. O filho do zelador foi levar-me até lá. Era um prédio velho, o elevador com porta pantográfica e luz mortiça, a tarde calma e fria. No elevador, baixou-me o espírito de *Último tango em Paris* e ataquei o mocinho. Era um rapaz de uns vinte anos, bonito, avermelhado, louro. Em sobressalto, eu me vi apalpando seu volumoso pênis visível através do agasalho de ginástica justo que usava. Olhei-o, morta de vergonha, temendo a reação dele. Até já me dava uma interpretação: faço isso para me punir por estar deixando Thomas. Quero ser castigada e humilhada, exposta a situações vexatórias. Ao mesmo tempo, meu gesto e a expectativa da reação dele, aqueles segundos, deixaram-me totalmente siderada, vivendo um sentimento tão intenso, um risco de tudo ou nada, uma loucura maravilhosa, sei lá. Ele, então, olhou-me no olho e me puxou sobre ele. No apartamento, fizemos um meia nove incrível com uma feroz determinação. Duas horas depois, deitava-me em seu divã, sufocada na fumaça dos cigarros do paciente anterior e dos seus, e inocentemente lhe contei mais um de meus intermináveis sonhos que se passavam na casa de minha tia Mocinha. No meu rosto, ainda sentia o perfume de homem e, culpada, temia que a senhora notasse.

Contei este exemplo para dar razão à senhora quando meus sintomas voltaram. Pensava "bem, a culpa não é só dela, é minha também, desde que não cumpri com meu dever de tudo dizer na análise."

Falo dos sintomas que voltaram, mas não é bem assim. O negócio é que não fiquei parada. Tenho progredido bastante nestes dois anos, continuo em desenvolvimento, o que significa ter de enfrentar novas exigências, novas tensões, novas situações. Aí, de fato, os velhos fantasmas se levantam para me atazanar. Mas também é verdade que consigo esconjurá-los, puta da vida com a senhora por ter deixado o abacaxi nas minhas mãos para descascá-lo sozinha. Mas consigo fazê-lo.

Também é verdade que, quando saí da análise, fiz inúmeras associações e descobertas que nunca tinham me ocorrido em sessão, nem as ouvi da senhora. Pude estabelecer inúmeras correlações com meu passado, organizar melhor minha história e reconhecer muitas identificações com meus pais, imagine! Não gostaria que entendesse isso como uma compensação do tipo "ah, a senhora me mandou embora antes do tempo, nem ligo, eu sozinha fiz um monte de coisa, nem preciso". Quero antes que veja como uma declaração de que, se nem tudo foi visto em análise, recebi da senhora elementos para continuar minha autoanálise. Não que isso seja fácil, nem que muitas vezes não a acuse, como já lhe disse.

Talvez o grande motivo das queixas é que não era bem isso que eu esperava da alta anos atrás. Não era assim que eu pensava que seria. Talvez tivesse a ideia de uma saúde mítica, um eldorado, uma tranquilidade e uma isenção de ânimos impossíveis. Não imaginava que seria uma coisa tão trabalhosa, tão árdua. Uma posição conquistada e mantida com trabalho. Mas, reconheço, uma posição privilegiada, de onde vejo, horrorizada, as sutis armadilhas que as pessoas armam para si mesmas, em que minuciosamente articulam, como que cegas ou guiadas por potências infernais, sua própria destruição. Não digo que estou isenta de tais perigos, de restos imanentes aos homens, mas me sinto munida de radares potentes que detectam com eficácia os poderes do mal, permitindo uma boa margem de manobra.

De vez em quando, sinto-me muito feliz. A vida é fluxo contínuo, e é maravilhoso quando a gente consegue acompanhá-lo, deixando-se levar por ele, tendo flexibilidade e maleabilidade para aproveitar ao máximo as correntes que nos empurram para o futuro, sem se agarrar a padrões anacrônicos do passado, sem repeti-los para sempre. O poder viver o aqui e agora. Desculpe-me a apologética banalidade que pode soar nestas frases ribombantes, mas não saberia dizê-las de outro modo.

Com isto posto, gostaria de lhe falar mais concretamente do que tenho feito.

Vou muito bem no trabalho, navegando com perícia no mar de abrolhos da redação. Meu velho protetor, o Dr. Pereira, que tanto me ajudou e que me apoiava em qualquer situação, morreu. Foi duro. Não só porque o perdi – e a senhora sabe como gostava dele – como por ter sido ele o pai que sempre quis. Também porque sem ele me senti muito vulnerável, exposta, temendo tudo e a todos. Ele morreu do coração, inesperadamente, há um ano, e foi difícil me firmar em minhas próprias pernas. Acredito estar conseguindo. As fofocas, as lutas pelo poder, as bajulações, as rivalidades, estou tirando de letra. Fui promovida à editoria, faço minhas pautas, cubro determinadas áreas, com alguma frequência assino artigos na revista, talvez a senhora tenha lido algum. Sinto-me mais segura, não tão dependente de reasseguramentos, muito embora continuem bem-vindos.

Apesar de tudo, não me sinto muito satisfeita, sinto-me como a meio caminho, fazendo a ganga bruta do jornalismo, do dia a dia, esperando o ouro puro da literatura que planejo há tanto tempo produzir – e a senhora sabe com que empenho, não? Isso é um rolo não resolvido e que me faz pensar muito a respeito.

Deixe-me falar agora de Thomas. Depois de tantas idas e vindas, já deve ter dado para entender que voltamos. Continuamos juntos. Resolvemos encarar o problema de filhos e, depois da via sacra pelos médicos, descobrimos que somos estéreis. Foi um baque terrível para nós dois, talvez mais para mim. Ele está muito bem como executivo de uma empresa canadense. Morro de ciúme. Vive de almoços e jantares e reuniões com chefões e visitantes estrangeiros. Fico imaginando se me trai. Acredito que sim, mas não quero saber mesmo. Não saberia o que fazer.

E minha família? Eles lá e eu cá. Chegamos à conclusão, baseada na experiência, que é melhor assim. Meu pai continua internado em Itapira, e, após uns dois anos sem ir visitá-lo, fui lá há seis meses com o Thomas. A senhora sabe que o ver louco, sem me conhecer, foi e continua sendo insuportável para mim. Na volta, comentava com Thomas que talvez fosse bom não termos filhos. Eu não saberia como criá-los. Teria medo de recorrer com eles toda minha infância dolorosa de filha de pai doente, presa de delírios, completamente no mundo da lua, sem nunca ter um minuto de atenção e cuidado conosco. Como evitar repetir tudo com minhas crianças? Um consolo que não consola nada, mas que posso fazer?

E assim vou eu, lamentando não ter mais a quem recorrer, em quem acreditar saber mais por mim, tendo que enfrentar sozinha a barra, a angústia do vir a ser, a falta de garantias, o me segurar a mim mesma na corda bamba da vida. Mas também com muito orgulho por isso mesmo.

Ao começar a escrever a carta, estava muito irritada, mas agora parece que, afinal, tudo não passa de um levantamento e um contrafeito "muito obrigado".

Sabe, talvez uma bobagem o que vou lhe dizer, mas penso que o analista é como um grande pianista. As peculiaridades individuais, as loucuras, as idiossincrasias do pianista, não contam muito para os amantes da música, mas, sim, sua capacidade e sensibilidade em ler a partitura, em decodificar a escrita musical em música, em sons, em fazê-lo com talento e competência.

E isso posso dizer que a senhora fez. Leu minha partitura, traduziu-me, decodificou-me, tocou minha música, fez com que eu me ouvisse e, assim, desentranhou-me de mim mesma.

Não pretendo mais vê-la. Espero não ter que procurá-la no futuro. Não é por nada, não, mas vamos fazer como fiz com minha família: a senhora lá e eu cá.

De uma vez por todas, adeus.

Marion L.

# MAKTUB!

Paulo tomava uma Wyborowa super gelada, a temperatura no ponto certo, o que a deixava meio licorosa, visguenta, uma delícia que descia redonda e macia pela garganta, com seu gosto peculiar, entre o sem gosto e o vagamente adocicado.

O bar estava lotado. Era noite de sexta-feira, a grande noite da semana, quando a cidade toda se encontra e confraterniza. Na sexta à noite, há um fervilhar diferente no ar noturno, nas luzes, no fluxo dos carros passando pelas avenidas. Sente-se o borbulhar alegre das risadas, as conversas saltando, o engarrafamento sorridente, cheio de promessas e olhares.

Assim como a vodca, Paulo também estava no ponto certo. Não tinha ainda começado a falar mole, pastoso, engrolado, que Suzana dizia ser o primeiro sinal para ele parar. Daí em diante, se continuasse, a tendência era caminhar para a melancolia. Quando se embriagava, ficava predominantemente calado e triste. Invejava aqueles bêbados alegres, loucos, desinibidos, que dão escândalos e vexames.

Mas naquele momento ele estava no ponto certo, aquele ponto em que o álcool aguça tudo, provocando uma leve euforia, o que o deixava se sentindo jovem, feliz, bonitão, cheio de sucesso. E não era só ele que estava assim, cumulado de benesses. Também à sua volta a vodca fazia-o ver a todos assim, uma gente bonita, atraente, cheia de vida. O mundo parecia perfeito, harmonioso, equilibrado, radiante de energias positivas. Achava-se bem, achava-se bom, estava numa boa consigo mesmo e com os outros.

Naquele momento único e precioso, a vida se expandia ao máximo e se oferecia como uma mulher dadivosa, que promete tudo a quem ousar pedir. Paulo pensava que poderia ter tudo que quisesse na vida, desde que realmente se esforçasse para consegui-lo. A vida explodia, e era bom viver, estar ali no meio daquelas pessoas bem-vestidas e perfumadas, e que, assim acreditava, pensavam e sentiam exatamente como ele.

Era um momento especial, mágico, e Paulo, reconhecendo-o, procurava aproveitá-lo totalmente. Estava quase em estado de graça e sentia que a batida da música ritmada que saía dos alto-falantes, seu tum-tum-tum profundo e cadenciado, parecia ser o coração da cidade batendo, espargindo som, vida, amor, felicidade. Era um som convidativo, amigo, um apelo direto ao corpo, que era chamado a se mexer, a dançar, e que respondia automaticamente ao chamado.

Paulo viera para o bar direto de um coquetel de negócios e esperava a chegada de Suzana, que viria com um casal amigo. Tinham planejado tomar uns drinques ali e depois iriam a um restaurante.

Seu olhar percorria satisfeito as mesas vizinhas, quando viu, no balcão do bar, sentado num banquinho alto, alguém familiar, que não conseguiu reconhecer prontamente, até constatar que era de Marilyn Monroe a fisionomia conhecida que julgara ver ali. A surpresa foi tanto maior ao verificar ser um homem quem ali estava, um homem com uma cabeça desmesuradamente grande para o corpo, uma cabeça triangular, com uma testa larga, os olhos muito separados, mas que, mesmo assim, parecia com Marilyn Monroe.

Alguma coisa em sua pose, no seu trançar de pernas, no projetar o tronco para a frente, na maneira como pestanejava os cílios, como conseguia insuflar inocente malícia no olhar, a maneira como abria a boca e fazia inumeráveis e quase despercebidos, milimétricos trejeitos, tudo fazia com que se consubstanciasse um milagre: sua figura desarmônica, até mesmo muito feia, desaparecia e era substituída por uma outra, uma emanação fantasmática, uma incrível encarnação de Marilyn Monroe.

Paulo, capturado pela imagem que dali emanava, usufruía de sua exibição, quando descobriu outra razão para sua familiaridade com aquela face, além da semelhança com Marilyn Monroe. Aquela figura era seu antigo amigo de infância, o Juvenal, que não via desde a época do curso primário e de quem nunca mais tinha ouvido falar.

Seu primeiro impulso foi aproximar-se. Já se levantava, quando deixou-se cair novamente na cadeira. Um pressentimento o fez pensar que seria melhor evitar o encontro. De longe via os lábios brilhantes de Juvenal, com o batom claro, a leve maquiagem que usava no rosto. Vencendo a dúvida, dirigiu-se ao balcão do bar.

— Oi, Juvenal. Aposto que não se lembra de mim. – Paulo tentava uma abordagem aberta, franca, como se fosse alguém absolutamente igual a ele mesmo, um colega qualquer.

Juvenal olhou para Paulo sem falar e, após alguns segundos, reconheceu-o. O sangue foi-lhe invadindo lentamente o rosto até o rubro mais intenso, o que fez desabar seu ar de Marilyn Monroe e uma chispa de pânico faiscar em seu olhar. Paulo também ficou assustado, já arrependido de tê-lo abordado, forçado um confronto que estava sendo visivelmente penoso.

Paulo tentou dar um tempo para Juvenal se recuperar, reorganizar-se, falando ansiosamente, ininterruptamente, as coisas de praxe; "pois é, que coincidência, tanto tempo!" etc. Finalmente, Juvenal conseguiu refazer-se e adotou vigorosamente o único caminho que lhe restara.

— Queridinho, pelo amor de Deus, nunca mais me chame por esse horrível nome de Juvenal. Agora sou Vivi. Ah, temos tanto o que conversar! – e deu dois beijos nas faces de Paulo.

— Tá bom, Vivi – disse Paulo, rindo. – Me conta de você, da mudança de nome, das mudanças em geral. Que tal uma vodca?

Vivi já tinha plenamente se recuperado, reincorporando Marilyn, despencando charmes, deusa magnífica entre mortais pousada.

— Conta de você primeiro. Alguém me disse que você estava rico, dono de empresas. Vida boa, hein?

Paulo meio que tropeçava nas palavras, falando de suas conquistas, suas responsabilidades, suas constantes viagens de negócios para o exterior. Mas sentia-se mal, como se estivesse se exibindo para Vivi humilhando-o sem necessidade. Inexplicavelmente, sentia-se culpado frente a ele e não conseguia modificar este desagradável sentimento, apesar de reconhecer que ele não tinha o menor sentido.

— E você, em que trabalha?

— Miçangas. Tenho um ateliê que aceita encomendas para escolas de samba, fantasias de carnaval. Às vezes meu pessoal faz bordados em geral, enxovais de noiva, linhos, estas coisas. Sócio de mamãe. Vou escapando, até que dá para o gasto, não me queixo. Mas fale mais de você.

Agora era Paulo que entrava em pânico e se arrependia de ter deixado sua mesa. Sentia que o bem-estar se evaporava rapidamente. Incomodava-se com o volume da música que o obrigava a falar muito alto, irritava-se com a barulheira das mesas, com o alarido das pessoas, com as buzinas do trânsito. A conversa era difícil. Paulo agora falava da família, dava notícia dos pais, das irmãs, falava da mulher.

— Que bom estar aqui com você – terminou por dizer, sem muita convicção.

Vivi nada falou, apenas o olhou, levantando a sobrancelha, numa ironia afetada, que dizia não acreditar no que ouvia e que o acaso que os juntara naquele momento bem que poderia ter lhes poupado o mútuo constrangimento.

Finalmente, o barman colocava os copos com vodca no balcão.

— Saúde – disse Paulo.

— Aliás, é o que mais preciso depois dessa praga da AIDS. Te esconjuro, Satanás, sai pra lá! – Vivi batia com os nós dos dedos na madeira do balcão, exagerando e se autocaricaturando.

— Deixa pra lá, Vivi. Deus é grande.

Paulo não tinha mais nada a dizer. Revia Vivi no colégio – menino quieto, que queria ser engenheiro-agrônomo e com quem gostava de comentar as novelas que ouviam no rádio. Tinha um pai que bebia e um irmão mais velho, dono de uma coleção completa dos livros de Malba Tahan. Uma vez tinha-lhe emprestado um deles, o *Maktub!*

Nada mais sabia ou lembrava de Juvenal, uma figura longínqua, indefinida, que se perdia para sempre naquela pessoa ali à sua frente, numa reencarnação de Marilyn Monroe. Que estranhos os caminhos que a vida traça para as pessoas. Será que Deus escreve *errado* por linhas tortas? *Maktub,* Alá assim o quis, teria dito Malba Tahan em tais circunstâncias – pensou Paulo. Estava impaciente e irritado com Suzana e os amigos que não chegavam para interromper aquela situação incômoda.

— Foi bom te ver – disse. Colocou o copo no balcão e estendeu a mão para Vivi. Num gesto coquete, Vivi deu-lhe um beijo no rosto, desafiante, triste, desamparado, tipo Blanche DuBois, aquela eterna dependente da bondade de estranhos.

Paulo voltou para a mesa e, quando Suzana e os amigos chegaram, encontraram-no cabisbaixo, respondendo a seus cumprimentos com voz pastosa, mole, engrolada.

# SOFRO EM GRANDES SOLOS DE SAX

Estava no litoral com Marli e Francine no último fim de semana. Tínhamos cumprido o ritual do sábado à tarde: caipirinhas e feijoada, a soneca, o acordar revigorados e, com o tesão refeito, a longa trepada a três. Nos esbaldávamos no prazer que nosso ménage nos dava, aumentado pelo sabor de mistério e segredo que o envolve, desde que, para os demais, namoro Marli, e Francine é sua melhor amiga, o que não deixa de ser verdade. Estávamos ainda deitados, fumando, quando Marli falou que ia fazer terapia. Não aguentava mais. Tinha umas tristezas esquisitas, uma vontade de chorar a toda hora, como se alguém tivesse morrido, e vivia com medo, sentia que algo de ruim poderia lhe acontecer a qualquer momento, algo inesperado e incontrolável, terrível peso que carregava a todo momento sem descanso. Também tinha aparecido uma preocupação exagerada com ladrões, imaginava que poderiam atacá-la em casa, na rua, no carro, em todo canto.

Fiquei surpreso, pois ela sempre me pareceu a maior cuca fresca da paróquia e também porque eu mesmo nunca tinha sentido nada parecido. Tenho minhas pirações, mas tristezas, medos de desgraças, de ladrões? Pensei se seria esse um tipo de medo mais feminino, por isso me parecia tão distante. Como se lesse meus pensamentos, Francine disse que nunca tivera algo semelhante. A piração dela era com doenças. Estava sempre observando o próprio corpo, à procura de sinais denunciadores: o coração batia de mais ou de menos, o intestino funcionava excessivamente rápido ou demorado, espirros, tosses, e ela já temia estar vivendo o início do fim, era o câncer chegando. Francine não falou, mas eu tinha certeza de que ela, naquele momento, pensava também na Aids, pois já tínhamos, os três, tido inúmeras conversas a respeito. Mas ela, aparentemente, não quis recomeçar as discussões que isso sempre causava e passou ao largo do tema.

Nada falei e fui para o banheiro. Sentei-me no vaso e fiquei lembrando como eram minhas pirações, tentando pensar de forma ordenada sobre elas, algo que não fazia habitualmente. Apenas as sentia, sem me preocupar em me prender a elas, em dissecá-las, esmiuçá-las, descrevê-las.

Concluí, então, que sofro em grandes solos de sax. Não, não é frescura, não é apenas uma frase de efeito duvidoso com muitos *sas, sos, sas*. É que sinto assim mesmo.

Sabe como é o jazz. A banda faz uma apresentação geral da melodia, e, em seguida, sucedem-se os solos – os de sax são os que gosto mais. Os músicos, ao improvisarem sobre o tema central, elaboradamente o fragmentam, desestruturam-no, o reduzem a pequenas frases distorcidas, retorcidas, ampliadas, sublinhadas, deformadas, até que, no final, com a banda tocando junto, a melodia é reestruturada, a trama refeita e, com alívio geral, a música chega ao fim.

Pois eu sou assim. Ou melhor, meu pensamento é assim. Muitas vezes, sem que eu saiba como, o "tema melódico" que vem se desenvolvendo na minha cabeça, ou seja, as ideias que vão se concatenando e produzindo pensamentos "normais", de repente, quebram-se, e eu passo a "sofrer em grandes solos", que são distorções obsessivas do grande tema melódico central, da linha principal de pensamento.

Um pequeno trecho da ideia é retirado do contexto, passa a ter existência própria ao ser repetido de várias formas e com diferentes ênfases, até ser inteiramente descaracterizado de seu significado inicial, do pensamento central. E ele fica ali insistente, persistente, tenso, num remoer incansável que me enche de angústia até parar de pura exaustão. Às vezes, outro pensamento, outra frase, faz novo solo, e o processo se repete. Isso vai assim, às vezes por períodos maiores, menores, nunca sei com antecedência. Sei que finalmente cessa, finalmente há um instante em que a melodia se recompõe e a orquestra passa a tocar junto, coesa, unida, centrada no tema melódico principal. Ou seja, meu pensamento deixa de lado os subprodutos obsessivos e retoma sua objetividade realística. É quando me acalmo e volto à normalidade, saio da loucura.

Gosto de música apesar de nada saber de suas técnicas e teorias, mas imagino que a mente de um compositor funcionaria com essas mesmas características obsessivas. Concebe um tema musical e o esmiúça, estudando e explorando a rede combinatória de sons que ele permite e no qual está mergulhado. No final, temos uma criação musical, que pode ser compartilhada com os outros, que produz prazer e desperta gratidão nos demais. É o que penso ao ouvir, por exemplo, o segundo movimento da *Pastoral*, de Beethoven, em que se ouve, quase se vê, uma frase musical ser lentamente construída, com hesitações, progressos, retrocessos, diluições, retomadas, indecisões, como se Beethoven quisesse compartilhar conosco o próprio processo de criação.

Mas chega de alusões à música. Só as fiz por vislumbrar uma semelhança entre o pensamento obsessivo e a forma como a música seria criada pelo compositor.

Se assim for, a obsessividade do compositor produz música; a minha, um cansativo desperdício de tempo. Quanto tempo não perdi pensando, anos depois de formado, que não estudei o bastante as matérias da faculdade, ou que um vizinho de infância morreu sem que eu saldasse uma dívida antiga e irrelevante de picolés ou revistas em quadrinhos tomadas emprestado, ou que não honrei apostas inconsequentes com outros velhos amigos? Quantas vezes não fico me acusando de não ter ido visitar o suficiente minha avó que morria de câncer, ou de ser um amigo displicente, que merece o repúdio de todos?

Abri o chuveiro e me lembrei de que tenho um outro tipo de loucura, e esta me incomoda muito mais. De vez em quando fico num estado de extrema suscetibilidade, qualquer coisinha me ofende, transformo os pequenos embates habituais com as pessoas em grandes maus-tratos e ofensas que precisam ser proclamadas aos quatro ventos em busca de reparações, pedidos de desculpas, atos de desagravo, gestos que jamais virão – e, o que é mais inexplicável, é que eu os recusaria se viessem, pois as ofensas que os justificariam nunca existiram. Sinto prazer em submergir lentamente no ressentimento, perverso Prometeu que se deixa bicar pela águia, que goza, em iluminado êxtase, enquanto ela lhe arranca o fígado. Tal qual um príncipe destronado, nascido para reinar, mas reduzido à impotência e miséria graças às maquinações dos usurpadores, deixo-me ficar exangue, clamando justiça e denunciando, assim, o crime do qual fui objeto.

Ao me deixar exaurir, dou testemunho da magnitude da ignomínia que padeci, minha imolação é minha paradoxal vingança, uma forma de provocar indignação e execração contra meus algozes. Recuso-me a lutar para que eles não usem isso como desagravante, pois, se o fizesse, seria um indício de que não foram inteiramente desprezíveis, uma vez que me deixaram ainda forças para reagir. Não. Quero ficar inerte, inerme, para que não restem dúvidas de que me destruíram.

O mais surpreendente desse estado é que nada me aconteceu de fato que justificasse o pensamento, não sofri nenhuma injustiça ou maldade relevante, tive apenas a parte do sofrimento que a vida traz para todos. O mundo me trata bem, bem demais até. Às vezes penso que não tolero os cuidados e atenções que recebo, não os mereço e os transformo em ameaças e ataques. Que crime teria eu cometido para viver na expectativa de uma punição implacável?

Assim como nos solos de sax, a louca exacerbação da suscetibilidade vai a extremos e depois se acalma, e, como um sonho se esvanece. Até acontecer de novo.

Tais acessos têm me preocupado. O último deles foi numa festa na casa da Cidinha. Havia passado antes na casa de meu pai e logo saí abatido, chateado. Impossível manter uma conversa por dois minutos com ele. Meu pai deprimido, apático, longínquo. Não é fácil vê-lo assim desde a morte de minha mãe.

Na Cidinha, já estava no segundo uísque quando chegou o Bertoldo Lima, apresentador de um programa de televisão. Já o conhecia superficialmente e vi que seria uma oportunidade para aprofundar o conhecimento, fazer uma amizade.

Ficamos numa mesa animada, ele estava cordial, puxando conversa. Eu estava contente, satisfeito de estar ali no meio de amigos, até ser assaltado pela imagem de meu pai sozinho fumando na sala abafada, a fumaça de cigarro e meu pai fumando sozinho, jogado no sofá. Bertoldo continuava falando, me perguntando coisas, e eu havia perdido qualquer interesse na conversa, não queria falar mais nada, não queria responder ao que ele me perguntava, tomado que estava pela imagem de meu pai sozinho largado no sofá fumando na sala. E assim me calei. Eu tinha consciência de estar fazendo uma idiotice, uma coisa sem sentido, uma grosseria despropositada, uma loucura, uma falta de educação, mas não conseguia evitar. Não sei por que, naquele momento, não queria ser bem tratado ou fazer amizade com um cara legal como o Bertoldo nem com ninguém. Queria agredi-lo, assim como aos demais, provocá-los, para que reagissem de forma violenta comigo, me enxotassem dali. Bertoldo, sem nada entender, inicialmente levou na brincadeira minha inexplicável mudez, mas vendo que eu não mudava de comportamento, ele – que já tinha bebido um pouco – perdeu a paciência e passou a me xingar de forma mais pesada. Eu deveria fazer alguma coisa, tomar uma atitude qualquer, tinha que falar, fazer uma brincadeira, ou brigar, sair da mesa, devolver os insultos, eu tinha de fazer qualquer coisa. Mas não conseguia. Eu agia como se ele não estivesse falando comigo, como se eu mesmo não estivesse ali. E, de fato, eu não estava. Eu estava com meu pai em sua sala, na sala abafada onde meu pai fumava, imerso na fumaça dos cigarros de meu pai. Eu não podia deixá-lo sozinho daquele jeito, eu tinha de estar ali.

A essa altura, todos tinham parado para ver o que se passava. Cidinha tentava dizer algo, quebrar a tensão. Outros amigos, inquietos, queriam me afastar dali. Mas eu estava imóvel, colado à cadeira. O próprio Bertoldo estava desconcertado, atônito.

Eu sentia um prazer secreto em estragar a festa, em trazer meu pai, seu soturno silêncio e seus cigarros malcheirosos para a festa e o deixá-lo ali, no meio da sala, para espanto de todos. Olhava a cara atrapalhada de Bertoldo, o constrangimento de Cidinha, a perplexidade dos amigos. Eu mesmo estava assustado, a situação tomara proporções inesperadas e eu não sabia como terminaria. Minha cabeça zunia, as coisas começavam a flutuar suavemente à minha volta e achei que desmaiaria; talvez fosse a única saída possível.

Mas Bertoldo agora se descontrolava completamente e, aos gritos, me chamava de louco e filho da puta. Ameaçava jogar-me na cara o copo de uísque cheio até a borda caso eu continuasse calado, sem responder o que me falava. E ia realmente fazê-lo, quando os amigos o contiveram e o levaram dali.

Somente então me desgrudei da cadeira e fui para o quarto de Cidinha, onde me joguei na cama e tive uma crise de choro convulsivo. Sentada na poltrona, ela não disse uma palavra. Ficou comigo, deu-me um beijo e me deixou dormir. Cidinha e os amigos, quando depois pedi desculpas pelo vexame, disseram que eu não precisava me preocupar, que estava tudo bem, foi uma bobagem sem importância, bebida demais, só isso.

Marli batia na porta, dizendo que fazia horas que eu estava debaixo do chuveiro, que devíamos ir até o supermercado para as compras do almoço de domingo.

Saí do banheiro e ia contar para ela e para Francine como eram minhas pirações. Comecei a falar, mas o assunto já estava longe. As duas não estavam mais a fim, já tinham telefonado para a turma e combinado encontros para a noite.

Calei-me, então, e saímos os três para o supermercado, para nos prover para o domingo.

# SENTENÇA DE MORTE

## I

Quando o telefone tocou, já devia ser uma hora da madrugada e Carlos acordou sobressaltado, com o pressentimento ruim que os telefonemas tardios sempre trazem, o toque sinistro, o mensageiro de notícias más; ou restos de filmes de televisão, estranhas ameaças feitas por malucos desconhecidos, desequilibrados.

— Alô?

— Alô? Como vai, meu filho? Já dormindo tão cedo?

A voz brincalhona, pois sabia que era tarde da noite, era familiar, mas ainda não identificada, e Carlos respondeu, ganhando tempo, meio rindo:

— É, tudo bem, poxa, isso é hora...

— Não descobriu ainda quem é, né? Já dei tempo suficiente. É a tia Rosa.

— Tia Rosa? Poxa, que que há? Está aqui em São Paulo ou em Aracaju? Tudo bem? Que surpresa!

— Não, estou em Porto Alegre, num encontro do Rotary. Vim representando teu tio, que não pôde vir. Você está bem? Trabalhando muito? Dizem que não se faz outra coisa nessa tua cidade.

— Vou bem, sim. As coisas vão muito bem. Ana está ótima, a meninada também. O escritório, de vento em popa. E a senhora, a quantas anda?

— Eu não estou nada bem. Apareceu-me um caroço no seio há algum tempo. Fui ao médico, e parece que deu coisa ruim.

Carlos sentiu um calafrio, sentindo-se ludibriado pela tia, que tinha parecido tão alegre e despreocupada até então. Atrapalhado, perguntou: É câncer?

Arrependeu-se. Pronunciara a palavra fatal. Será que ela mesma já teria pensado em "câncer"? O que queria dizer com "coisa ruim"? Mordeu a língua, punindo-se, enquanto ouvia no fone a voz da tia responder claramente, tão próxima, tão real.

— Parece que sim. Estou te telefonando por isso. Quero ir ao melhor especialista de São Paulo, o Dr. Pereira. Quero que você marque uma consulta para a próxima quarta-feira. Devo chegar pela manhã e, se possível, quero voar para Salvador na quinta. Passo lá o fim de semana e na segunda estou em Aracaju.

## II

O aeroporto estava em obras, tumultuado, com muita gente, o barulho irritante dos ineficientes alto-falantes, que, num tom nasalado, artificial, davam indecifráveis mensagens urgentes. As pessoas chegavam abraçadas a pacotes, maletas, atravessando o raio de visão de Carlos, que estava cheio de apreensões.

Lembrava que depois do telefonema perguntara a Ana, que estava a seu lado, acordada, e que evidentemente escutara tudo:

— Você ouviu? – adivinhando o que se passava na cabeça dela, que estaria pensando num tio que morrera seis meses antes, de câncer nos intestinos. Ana respondeu:

— Nossa família está morrendo. – Carlos sabia que aquela era uma zona dolorosa para ela, um dos grandes temores que perdurava desde que deixara Aracaju para acompanhá-lo em São Paulo. Fazia já quinze anos. No correr dos anos, tal temor arrefecera, mas continuava latente, tão doloroso como no começo, quando Ana não conhecia ninguém em São Paulo, longe de tudo e de todos de quem gostava. Sozinha, enquanto Carlos ia trabalhar, ficava perdida na lembrança de seus entes queridos, escrevia longas cartas, demorada e lentamente, chorando em cada parágrafo, em cada vírgula. Carlos, ao chegar do escritório, lia as cartas que ela lhe mostrava e se enchia de mais amor por ela, compreendendo que era uma grande prova de amor ter deixado tudo para vir com ele, e por isso procurava, a seu modo seco, retribuir-lhe enquanto ela levava a vida, fazendo e refazendo tapeçarias, almofadas, a comida, a limpeza de casa. Mas é claro que também era uma preocupação, um temor de Carlos, que se desgarrara de Aracaju, da família, num ato deliberado, calculado, ambicioso. Sempre que voltava de Aracaju, ao despedir-se do pessoal no aeroporto, perguntava-se: quantos verei novamente no próximo ano? Quantos estarão aqui? Mas este pensamento era logo afastado pelo medo do avião, companheiro irremovível de todas as viagens.

Na manhã seguinte ao telefonema, desmarcou os compromissos no escritório, deu instruções para o office boy, para os estagiários, não foi ao fórum e procurou um amigo médico para discutir as medidas a serem tomadas: qual especialista consultar além do escolhido pela tia, como encaminhar a coisa toda, decidir se a tia devia receber ou não a notícia verdadeira caso os exames fossem positivos. Concluíram pela última alternativa.

Muito embora Carlos argumentasse que a preocupação era poupar a tia de uma verdade por demais pesada, que poderia arrasá-la, na verdade também queria se poupar. Afinal, o que fazer com uma mulher condenada à morte, sentada na nossa frente? Que se pode dizer? Talvez fazer um banquete, beber muito e do melhor vinho, ter conversas profundas sobre o significado último da vida e da morte? Começar ali, em São Paulo, a despedida da vida, o visitar a cidade, sabendo que não mais a veria, acompanhá-la nesta peregrinação, ouvindo-a considerar os fatos e as pessoas, chorar junto, oscilar com ela entre a estóica aceitação da morte e a mais escandalosa recusa? Mas tais coisas, pensava Carlos, não acontecem na realidade. Acontecem nos livros, nos filmes, essas conversas profundas, o encarar a morte de frente, olho no olho, só na televisão. Sabia que ninguém se despede realisticamente da vida. Ninguém larga a vida sem o imenso desespero, o horror da aniquilação. E é um espetáculo terrível para os circunstantes, ameaçados, sabendo que um dia passarão também por aquilo tudo. Não, era melhor mesmo nada dizer para tia Rosa.

Esses acontecimentos suscitavam em Carlos uma percepção diferente do tempo e de si mesmo. Via-se ocupando um outro lugar. Já vivera o bastante para sentir a passagem do tempo. Não o tempo do relógio, o tempo das trivialidades, do dia a dia – no qual, afinal, desemboca tudo, no destroço esmigalhado dos minutos, nos corriqueiros afazeres da rotina. Pensava agora no "grande tempo" existencial, o das grandes realizações. Para medir este tempo especial, seu relógio era outro, era o crescimento dos filhos. Vê-los crescer paulatinamente, desabrochando suas peculiaridades pessoais, delineando as personalidades, sofrendo as transformações no corpo, o rosto em perpétua mudança e, ao mesmo tempo, mantendo-se os mesmos. A vida brotando, criando, espichando, desenvolvendo. Aí, e somente aí, ele se referenciava quanto a suas próprias exigências, seus projetos de vida, fixava suas metas, elaborava o presente, planejava e perscrutava o futuro.

Agora, com a chegada da tia, Carlos tinha outra daquelas percepções da passagem do grande tempo. Pareciam ainda tão próximas as férias na casa de praia da tia Rosa, que o recebia tão bem, cercada das velhas empregadas. Era uma mulher elegante, que usufruía plenamente a posição poderosa do marido, irmão do pai de Carlos, um bem-sucedido empresário. Lembranças ainda mais remotas quando ela começara a namorar o tio. As conversas assustadas da família. "Ela é uma aventureira. O que ela quer mesmo é o dinheiro dele. É uma leviana, vive dando por aí, já me disseram. É uma puta, isto sim." Deus sabe se teriam razão as línguas afiadas. O tio nunca se queixou e, evidentemente, não comentariam com ele o que houvesse de desabonador, mas os boatos continuaram depois do casamento, possivelmente alimentados pela inveja de sua posição, sua movimentada vida social, suas relações políticas.

A primeira vez que a viu, tia Rosa estava muito bonita num vestido leve de verão, de uma cor escura que combinava bem com sua pele muito branca, leitosa, diáfana. Tinha os cabelos louros, os olhos de um azul muito especial, líquidos, transparentes, luminosos, inocentes, que pareciam desmentir qualquer comentário malicioso a seu respeito. Uma figura impressionante, que, naquele momento, enfrentava com segurança e tranquilidade, a surda reprovação da avó, a frieza dos tios e do pai dele. Carlos encantou-se perdidamente e gravou para sempre aquela imagem. Daí em diante, cada vez que dela se lembrava, era a imagem daquele primeiro encontro que saltava, que lhe aparecia, para, em seguida, esfumar-se e dar vez às inúmeras outras que dela armazenara.

Pois aquela bela e corajosa mulher, a poderosa e cortejada mulher de sociedade, viria agora a São Paulo, reduzida a um frágil ser necessitado de proteção e cuidados, e, mesmo estando em jogo sua própria vida, não lhe seria dada a possibilidade de opinar, de escolher. Nessa cartada definitiva e final, o trunfo escapava. Outros – Carlos, o marido – ocupavam seu lugar, e ela se transformava numa criança, a quem se diz ou não os grandes segredos da casa, os grandes planos, as grandes alegrias.

Isto fazia Carlos sentir-se mais velho, e tinha, então, que abrir mão dos antigos protetores, perder os velhos arrimos, os parentes mais velhos, mais sábios, mais fortes, a quem sempre poderia recorrer, e passar a ser ele agora o protetor, oferecer-se como apoio, retribuindo tudo o que já tinha recebido deles. Isto despertava inquietação e mal-estar, um misto de triunfo e extrema fraqueza, desamparo e solidão.

III

— Minha gente, minha gente, venham aqui. Vamos torcer para que não seja dessa vez que me levam. Vamos comemorar! Brindemos! Saúde para todos nós! – disse tia Rosa, levemente alcoolizada, risonha, levantando o copo para um grupo de amigos que Carlos convidara para o jantar. Todos riram, brindando com os uísques.

Tudo já estava decidido. O médico, depois dos exames, dissera para o tio que ela teria no máximo três meses de vida. O câncer já se espalhara por todo o organismo, não valia a pena operar, de nada adiantaria a quimioterapia. O tio contou para Carlos e resolveu que nada diria para tia Rosa durante a viagem, só ao chegarem em Aracaju.

Durante o jantar, talvez por estar triste e angustiado, Carlos contou aos amigos, em conversas cochichadas na cozinha, no escritório, na sala de estar, a desgraça da tia, como se esse fato fosse um prato a mais, uma atração extra à mesa, um moribundo à la carte, câncer com chantilli. Parecia, com isto, dar-se uma importância maior, como se esta situação limite, o ter conhecimento vital sobre o outro e sonegá-lo ao próprio interessado, conferisse a ele um poder extraordinário, um encargo que fingia carregar abnegadamente, mas que lhe dava uma reconfortante sensação de força.

Lembrou que, no aeroporto, não se aproximara logo da tia quando a viu de longe. Primeiro observou-a detidamente, procurando as marcas da destruição, vestígios denunciadores da corrupção dos órgãos. Ele ainda esperava que o pior não se confirmasse.

Fazia três anos que não a via, de modo que ficou incerto se o aspecto envelhecido, o cabelo mais ralo, a roupa que não lhe caía com a perfeição de sempre, o andar um tanto inseguro, as costas mais curvadas (ela antes tão desempenada!), se tudo se devia ao desgaste natural do lento progredir da morte com a velhice ou se ali o processo se rebelara, precipitara-se e a contagem regressiva já fora disparada.

Ao cumprimentá-la e falar-lhe, como faria logo depois, ao ouvir-lhe a voz, a entonação brincalhona e sofisticada, Carlos teria esperanças de novo, afastando a impressão que tivera ao observar em sua aparência a devastação dos traços. Parecia que a voz e o olhar refundiam todas as impressões soltas, unificando-as numa nova configuração, num todo que a compunha. Era ela – tia Rosa.

Carlos viu o tio, que tinha vindo do Rio; haviam combinado se encontrar no aeroporto já em São Paulo. Ali estava ele, ajudando a mulher com a bagagem, alto, bem-vestido, desembaraçado. Era o tio rico, o milionário da família, o dos carros importados, o das viagens para o exterior, o que dava festas comentadas, o que tinha máquina de filmar e projetor, além de eletrônicos que ninguém mais tinha, sorriu Carlos, lembrando inúmeros fatos ligados aos dois. Lembranças amáveis, que o submergiram numa grande ternura por eles, reconhecendo como foram importantes, como ocuparam papéis destacados no seu passado.

Somente após este levantamento cuidadoso, Carlos aproximara-se deles e os abraçara, ajudando-os com as malas. O tio pediu para ir ao banheiro e já ali contou a Carlos que a tia estava mesmo com câncer no seio, o diagnóstico fora feito em Aracaju. Devia fazer a cirurgia, mas queria exames complementares. O tio fazia-se de durão, falava secamente, como se tudo aquilo não lhe afetasse , mas a tensão nas rugas do rosto, o olhar angustiado, traíam-no. Ficaram hospedados na casa de Carlos.

— Mas você sabe, Carlos, se for câncer, não opero. Dizem que não adianta. Só faz soltar o bicho, ele se espalha – dizia tia Rosa em tom confiante na mesa do jantar.

O tio tinha dito que ela pedira:

— Se for câncer em estágio avançado, com metástases, você me diz; eu tomo uns comprimidos. Não sofro, nem vocês. Você me ajuda? – Falara terrivelmente séria e com muito medo de ser levada a sério. O tio sentira-se mal, em grande dúvida, com medo de traí-la, como agir melhor agora, meu Deus? Deveria dizer-lhe tudo? Não era justo o que lhe pedia? Impotente, desconversara, gracejara.

— Que nada, tia. Você está impressionada. Todo mundo tem medo do câncer. O que você deve ter é displasia. Você deve fazer o que o médico mandar.

As conversas iam, andavam e descambavam novamente.

— Mas, Carlos, o que você acha? É um caroço duro aqui, descobri há algum tempo, nem liguei -e voltava a relatar a descoberta e suas consequências.

Carlos se irritava. Todo o esforço para afastar o fantasma que rondava a conversa ia por água abaixo. Meses depois viu como tinha sido intolerante nestas conversas com tia Rosa. Para quem estava sob suspeita de câncer, ela até que tinha se portado muito bem. Tinha tido paciência e calma para conversar outros assuntos, embora fatalmente retornasse ao câncer, inevitável polo magnético que era para ela naquele momento.

## IV

No emagrecimento vertiginoso dos poucos meses seguintes, quando teimava em acreditar nas mil doenças que lhe atribuíam, fazia planos grandiosos para o futuro: fazer uma longa viagem de navio pelo mundo, projetar um esquema beneficente para as obras de caridade das mães solteiras, redecorar as casas, comprar um sítio na periferia de Aracaju e se mudar para lá.

O tio e os primos choravam escondido. O filho mais novo ligou-se muito a uma professora da faculdade e temia voltar para casa depois das aulas. A filha mais velha começou a namorar, loucamente, com dois ou três rapazes ao mesmo tempo. Ela, que sempre fora tão ajuizada... O do meio parecia ignorar tudo.

A dor pareceu inesgotável e implacável nas duas últimas semanas.

Quando morreu, avisaram Carlos pelo telefone. Carlos não conseguiu telefonar para o tio, não sabia o que dizer. Mandou um telegrama: "Nossos sinceros pêsames, sentimos muito. Carlos, Ana e filhos."

# ESPELHO

Meu rosto está mudando. É claro que não tem feito outra coisa desde que nasci. Parece-me, entretanto, que esta incessante mudança tem se acelerado muito nos últimos tempos e se tornado mais evidente cada vez que me vejo no espelho, especialmente nos cabelos, que vão rareando no meio da testa. Ainda são abundantes nos lados, nas têmporas. Sua queda não é muito perceptível ainda para terceiros. Em momentos mais angustiados, quando fica gritante a constatação de que eles estão caindo, procuro socorro com o colega de escritório, que me tranquiliza:

— Bobagem, você tem cabelo de sobra para os próximos quinze anos!

Mas não me convence. Penso que ou é bondade dele ou falta de percepção mais acurada. Além do que, sendo ele careca, suspeito que secretamente me deseja sua própria triste sina. Não há como negar, o cabelo está esvaindo.

Apesar de saber que esta queda de cabelo é inexorável, quando no barbeiro arrisco perguntas a respeito e ouço credulamente as opiniões dadas por quem se considera autoridade no assunto. Prescrevem massagens, Pantene, macetes inesperados e duvidosos, cortes seguindo fases da lua, do zodíaco etc. Hoje em dia, por causa das muitas viagens que sou obrigado a fazer (para desgosto de minha mulher, que sempre me diz que fiz mal em ter trocado de emprego), vou a diferentes barbeiros, dependendo do lugar onde eu esteja. Saio invariavelmente contrariado, não gostando do corte. Como são barbeiros circunstanciais, aos quais provavelmente nunca voltarei, não me preocupo em ensinar-lhes como gosto e nem eles têm tempo para descobrir. Limito-me à função higiênica do simples corte, ignorando a parte estética.

Foi-se o tempo em que, menino, entregava a cabeça religiosamente a seu Gildo, gordo, tardo, lerdo, que ia até nossa casa pelo menos uma vez por mês. Ia com sua pasta de couro preto, que caía aos pedaços, onde estavam os instrumentos de seu ofício e uma Bíblia, escrita em inglês e português, da qual não se separava, em sua inabalável e combativa fé de protestante.

Enquanto cortava nosso cabelo, meu e de meus irmãos, fazia proselitismo religioso, citando versículos, que logo mostrava na Bíblia, orgulhoso da intimidade com aquelas páginas e do uso de palavras pouco correntes. Mas encontrava uma plateia muito pouco receptiva: nós – um bando impaciente de selvagens, não interessados em sua catequese, mas, sim, no livre fluir da vida pelas pernas e músculos, nas correrias, nos pulos, nos gritos, nas brincadeiras do fundo do quintal, das árvores, dos muros, das descobertas. Meninos queixosos dos pinicões que a velha máquina fazia, cortando o cabelo rente ao couro cabeludo, deixando apenas um tufo maior no alto da cabeça e nada mais. Era o corte à cadete, era a moda, talvez por causa da Escola Preparatória de Cadetes que existia em Fortaleza, um prédio bonito, largo, limpo. Acho que não havia menino que não tivesse sonhado, pelo menos uma vez, em estudar ali e depois ir para longe, para o remoto Rio de Janeiro, para as Agulhas Negras. O cartaz dos cadetes com as meninas era total. E o corte à cadete era econômico, durava um mês, mais ou menos.

Seu Gildo quando não se via às voltas com nossos gritos e com os gritos de mamãe para nos impingir a calma e a constância necessárias ao corte, sentados nas cadeiras Gerdau recém-compradas, esbarrava no ceticismo de mamãe. Ela nunca fora carola, ligada à religião. Muito pelo contrário. Considerava-se "esclarecida" e ridicularizava a fé singela e ingênua de meu pai, este sim um parceiro ideal para seu Gildo, mas que, no entanto, tinha o único defeito de ser pouco frequente. Nas poucas vezes que os vi conversando, entre versículos e salmos, papai estava completamente envolvido no assunto, perguntando, palpitando, discordando, para deleite de seu Gildo. (Quantos anos levei para me aperceber de que meu pai era um excelente conversador? Era fechado, tímido, fugia, literalmente, dos contatos, mas, quando ficava, sabia ser encantador, ouvia atentamente, silenciosamente, o que lhe era dito e fazia as perguntas certas nas horas certas, os comentários necessários.).

Seu Gildo e seu protestantismo nos acompanharam por vários anos, até perto da adolescência. Não tolerando mais a humilhação que era ele ir cortar nosso cabelo em casa – coisa para criancinhas! –, íamos cortar o cabelo no salão onde trabalhava. O salão ficava no Beco dos Pocinhos. Seu Gildo mantinha as portas sempre escancaradas por causa do calor, uma vez que os ventiladores do teto estavam permanentemente quebrados. Tinha várias gaiolas de passarinho pelas paredes e uma manicure, uma esquisita e feia mulher muito maquiada, que se fazia de dengosa e bonita para os velhos de quem pintava as unhas e com quem mantinha longas conversas, cheias de risinhos e silêncios pensativos, que me deixavam muito curioso.

Quando deixei de ir lá, a moda era o cabelo à escovinha, que seu Gildo detestava fazer, impondo-nos o "Príncipe Danilo", que, a seu gosto, era mais "decente". Logo em seguida, eu mesmo passei a odiar o "escovinha" e o meu próprio cabelo. Eu o queria fino, liso, *à la Elvis Presley*. Penteável, topetável, e nada disso acontecia. Meu cabelo tinha duas ondas terríveis, onde naufragavam minhas esperanças. Não havia Gumex ou brilhantina que as subjugassem, elas continuavam indestrutíveis. No correr dos anos, aprendi a tirar proveito de sua força e o pente navegava tranquilo por elas, sem brigas. Mesmo agora, com o cabelo rareando, as ondas continuam ali, mais suaves, sem a impetuosidade de antes, desmanchando-se calmamente, sem bulha, na praia da testa.

Não é possível falar das alterações de meu rosto sem mencionar a devastação que os cravos e espinhas nele causaram, mais ou menos na época em que abandonei o seu Gildo, em busca de barbeiros mais da onda.

Eu vivia espremendo cravos. Postava-me diante do espelho após deixar a cara uns dois centímetros e meio em uma bacia de água fervendo, para "amaciar" os cravos. É infalível – dizia Mário (de todos os meus amigos, o único que sofria horrores semelhantes aos meus) – não infecta os poros. – De unhas em cunha ou eventualmente usando um aparelho especial, brinde da pomada para cravos Minâncora, começava eu a extrair aquelas pequenas gotas de sebo. Às vezes saíam inteiras, como minúsculas peras, com a pontinha preta, oxidada, da abertura do poro. Outras vezes saiam como um líquido pastoso de uma bisnaga que vinha de insuspeitos meandros tortuosos sob minha face, uma rede de túneis emaranhados, intercomunicados, onde se fabricava e armazenava silenciosamente aquela substância.

Talvez de tanto remexer em cravos, ou independentemente disso, o fato é que eu vivia sempre com o rosto meio inchado, com espinhas carnudas, duras, pequenos tumores. Não eram simples espinhas purulentas, amarelinhas, que logo explodiam e secavam. Não, as minhas eram espinhas que seguiam um longo processo de amadurecimento, que, em vão, eu procurava apressar. A princípio, uma comichão – um cravo mal tirado –, dizia minha mãe ("Menino, não fica futricando tua cara, que aparece mais espinha"), e lá vinha ela. Uma tumefação que lentamente crescia, crescia, avolumava-se e lá ficava plantada no meio de meu rosto amarelo, tal qual uma bandeira fincada em território inimigo conquistado. Inutilmente a sepultava durante a noite sob camadas ásperas da pomada Minâncora, ou de Hipoglós, macia, oleosa, com cheiro de Emulsão Scott. Ficava com a cara toda mascarada de branco, manchando o travesseiro e os lençóis. Na manhã seguinte, a espinha continuava ali, incólume, espalhafatosa, envergonhante.

Envergonhante, sim, pois quem de nós não juraria que as espinhas eram decorrência direta da masturbação? As abomináveis, adoradas, horrendas e queridas punhetas. Atrás de tantas portas, fechadas a sete chaves, todos nós nos masturbávamos loucamente. Falo da minha turma. Tema obrigatório de nossas conversas, brincadeiras, brigas. "Hoje toquei uma punheta pensando na tua irmã" – provocação potentíssima para uma briga. Era nosso grande segredo, nosso grande pecado, a grande estrela das confissões, o mais importante item. Diante dele, os outros pecados eram meros figurantes que abriam a cena para sua entrada triunfante no confessionário.

Além de envergonhantes, as espinhas me enchiam de culpa, pois, para mim, as coisas da religião eram de suma gravidade. Não conseguia entender a despreocupação de meus colegas e amigos que entravam e saiam das filas dos confessionários com grande leveza. Ficavam contando para todos o número de pais-nossos e ave-marias que tinham recebido como penitência, de onde se inferia a gravidade de seus pecados, o que, trocando em miúdos, significava se tinham se masturbado muito ou pouco. Para mim, a confissão era um remoer de culpas e vergonhas, de escrúpulos obsessivos; ali estava eu, nu, tremendo, perante a face fria e severa de Deus.

Esta seriedade e interesse pelas coisas da religião levou-me à Congregação Mariana, onde esperava encontrar meus iguais, pessoas que pensariam e sentiriam como eu. Tal ideia me veio por meio de meu tio Joaquim, um convicto congregado mariano, que recebia mensalmente uma revista, a *Estrela do Mar*, publicada pelas Congregações Marianas do Brasil. A revista trazia muitas fotos de congregados e padres de todo o país e artigos onde era afirmado enfaticamente que este era o país que a Virgem mais amava e protegia, sendo responsabilidade dos congregados manter tal estado de coisas. Tudo isso me fazia crer no grande poder e importância que eles desfrutariam e exerceriam.

Chegando à Congregação, decepcionei-me. Logo constatei que a "missão mariana" e o "exército de congregados" mencionados na revista estavam longe, muito longe de serem sequer conhecidos pela maioria, que parecia-me estar ali muito mais por causa do futebol. Trunfo que os padres matreiramente guardavam no bolso: as camisas, as bolas de couro, o campo bem grande, as redes para as traves, um verdadeiro luxo.

Ser congregado mariano aparentemente implicava ir à missa às 6h30 na Igreja do Cristo Rei e a uma reunião às 14h, ambas no domingo, além de eventuais compromissos, como seguir alguma procissão, novena etc.

À missa, assistíamos de um lugar especial na Igreja, na nave lateral, vizinho à sacristia, de acesso inicialmente permitido só aos homens, embora logo depois as mulheres o tomassem de assalto. Ali, devidamente paramentados, com fitas e medalhas, seguiríamos contritamente o ofício religioso.

A reunião era feita no convento dos jesuítas, ao lado da igreja, num aposento parecido com uma sala de aula, com grandes bancos de igreja, que ocupavam todo o espaço, e um quadro negro na parede do fundo. A reunião era muito burocratizada. Havia o padre responsável e uma mesa diretora, com um presidente, um vice e demais cargos. Começava com a leitura da ata da sessão anterior, feita circunspectamente pelo secretário, em que se relatava as mesmas bobagens de sempre: basicamente notícias sobre a andamento do eterno campeonato de futebol e sobre as comemorações religiosas da ocasião, o mês de maio, os retiros, a Páscoa, alguma procissão, ingresso de novos membros etc.

Talvez por causa desta decepção, talvez por não gostar muito de futebol, tive uma atitude inusitada quando deveria passar de postulante – título que recebíamos ao ingressar – a congregado propriamente dito, procedimento normal de admissão à Congregação, realizado periodicamente em grande festa ritualística.

Para tanto, os postulantes deveriam estudar uma espécie de catecismo e prestar um exame oral ao padre responsável. Era um exame estritamente pro forma, feito com total benevolência e complacência do examinador, que facilitava ao máximo a aprovação. Na minha vez, vendo que eu respondia capengamente às questões, o padre perguntou-me se eu tinha estudado. Sem nenhum premeditar, me vi respondendo de forma grosseira que não. Disse-lhe que sabia que ninguém estudava e passava-se assim mesmo; assim, eu não tinha perdido meu tempo. Minha resposta, como era de se esperar, provocou a ira do santo homem. Não me aprovou, aconselhando adiarmos o exame para outra ocasião. Decidi, então, abandonar a Congregação e ir curtir meus domingos sossegadamente na casa de meu avô.

Um pouco antes deste incidente, eu já me rebelara contra o padre responsável. O Padre Ferreira estava chamando cada um dos membros da Congregação para uma conversa em particular. A conversa consistia em enfatizar ao máximo os supostos perigos da masturbação. A seu ver, ela provocava graves danos nos planos: a) corporal, desencadeando doenças várias, fraquezas e lesando a própria potência sexual; b) moral, tornando pusilânimes, desfibrados, pouco valorosos, dominados por um vício, débeis de vontade os infelizes que dela não se abstivessem; e, *last but not least*, c) espiritual: era uma grande ofensa ao Criador, que nos dera um corpo à sua imagem e semelhança para fins mais elevados e sublimes, corpo que não deveríamos conspurcar, mas guardar até encontrar as mães de nossos futuros filhos. Isto tudo sem falar na Virgem Maria – ênfase no "Virgem" – para quem aquilo seria o desrespeito máximo.

A notícia de tal conversa circulou rápido entre nós. Embora a masturbação fizesse parte do nosso dia a dia, trazia para todos nós grandes curiosidades, necessidade de falar com algum adulto confiável, que a resgatasse das coisas sujas e proibidas e lhe desse os reais contornos. Todos sabíamos como era a conversa e, quando cada um saía, o resto da turma ia lá checar se tudo tinha corrido como previsto.

Quando fui chamado, comportei-me como um perfeito idiota. Sentado ali diante do padre, com os cotovelos apoiados na mesa que havia entre nós dois, esperava, tenso, que ele começasse.

Padre Ferreira era um homem magro, seco, alto, com cabelos pretos finos, fixados com brilhantina. Usava óculos sem aro e tinha olhos azuis gelados de assassino. Anos mais tarde, quando li o livro de Huxley sobre o fanático Frei José, imaginei-o com a fisionomia do Padre Ferreira. Sentado muito ereto na cadeira, começou explicando-me que aquilo não seria uma confissão, mas, sim, uma conversa para falarmos de minha vida. Estava numa idade muito importante e perigosa, já era um rapazinho, e as "tentações" (deu uma ênfase significativa à palavra) eram muitas; eu deveria estar preparado para resistir. Ouvia atento, reconhecendo no que ele falava tudo o que os colegas já me tinham relatado.

Feito o pequeno preâmbulo, Padre Ferreira foi direto ao ponto:

— Você tem maus hábitos?

— Sim, padre. Brigo com meus irmãos, desobedeço a meus pais, tenho uma preguiça danada de estudar, às vezes minto.

— Não, não. Refiro-me a *outros* hábitos.

— Outros?

— Sim, menino, outros.

Eu estava paralisado, com medo e vergonha, nada conseguia falar.

O Padre me olhava feroz. Eu nunca me confessara com ele até então. Ele não me conhecia, não estava seguro se eu falava a verdade ou se mentia deslavadamente. Não percebeu que eu estava intimidado. Depois de um longo silêncio, não insistiu, deu-me uns conselhos rápidos sobre os maus hábitos alegados e dispensou- me.

Assim, desperdicei a oportunidade de fazer um monte de perguntas que me angustiavam, e uma das perguntas que não fiz era se as espinhas eram causadas pela masturbação.

As espinhas me envergonhavam, culpabilizavam-me, mas tive de engoli-las, pois nada pude fazer contra elas. Assim como vieram, foram-se, sem me pedir permissão. Ainda hoje me aparece uma ou outra espinha, retardatária, desgarrada, trazendo de volta o pavor dos velhos tempos, velhas angústias de quando me pesavam meia tonelada no rosto, e, nas festas e bailes que eu ia, me faziam tropeçar em meus próprios pés, engasgavam a fala, faziam-me pensar que aquela menina linda que dançava tão bem jamais aceitaria meu convite para dançar, mesmo que eu tivesse coragem para fazê-lo.

As espinhas foram substituídas, anos mais tarde, pelas rugas, que se estabeleceram inicialmente no cenho, entre as sobrancelhas, em dois fortes vincos, duas dobras, que me deixaram a face pesada, o "cenho franzido" das preocupações e responsabilidades. Depois, apareceram ao lado da boca, descendo, acompanhando a linha da narina, contornando os lábios, desaparecendo no meio caminho do queixo. Lembro-me só destas, que foram as primeiras, pois, desde então, as rugas sulcam meu rosto em todos os sentidos, estabelecendo rotas por onde trafegam velhas e novas emoções, algumas de origem já esquecida, sepultadas na areia do tempo, mas indelevelmente gravadas em minha face.

As rugas suavizaram e entristeceram-me os traços e, junto com as pálpebras caídas, os óculos de lentes grossas, o *rictus* que me domina a boca (um esgar, um arreganhar de dentes, metade mordida selvagem, metade sorriso), dão-me a melancólica aparência de um pacato São Bernardo.

# NOCAUTE

O piano-bar do Maksoud estava como gosto: cheio, mas ainda sem os que ficam nas mesinhas do lado de fora, esperando para entrar, o que sempre gera em mim um sentimento de urgência, de ter que dar o lugar para os outros, de estar abusando, ficando tanto tempo, os garçons olhando torto.

O piano tocava o de sempre, muito Gershwin, muito Cole Porter, o que me fazia sentir *cool and sophisticated* naquele começo de noite.

Lucas tinha me ligado para uma conversa importante e em particular, e eu sugeri aquele lugar, onde já tínhamos estado tantas vezes quando saíamos juntos, o que não acontecia há bastante tempo, nem sei por quê.

Não é verdade que "nem sei por quê", pois sei muito bem. Mas não quero pensar sobre isso, apesar de ter ficado claro para mim que seu pedido grave de uma conversa séria só podia ter a ver com *isso*. Aliás, pensando bem, a escolha do bar não foi meramente nostálgica. Aqui, com certeza, Lucas não se atreveria a fazer um escândalo, dar um vexame.

De repente, ele chegou e estava já sentado ao meu lado. Um ano, dois? Por aí que a gente não se via. É, ele é um amigo, uma daquelas pessoas que você não vê há um tempão e, ao reencontrar, é como se tivesse visto ontem, imediatamente se restabelece a comunicação, de cara a gente sente o fluxo indo e vindo, o papo corre frouxo. Um reconhecimento físico, quase visceral. Anos atrás, até pensavam que éramos irmãos, de tanto que andávamos juntos, de tão próximos, ficamos parecidos um com o outro.

Naquele momento, a gente se olhava, avaliando-se. Era um olhar no espelho, a passagem do tempo, sempre mais visível no outro. Só num momento segundo, reflexivo, é que vem a conclusão: eu também devo estar assim. Se tal princípio é verdadeiro, no caso específico, eu devia estar muito bem, pois Lucas parecia esplêndido. Tudo no lugar certo, nem um grama a mais e vestia-se com a elegância de sempre.

Depois do pedido das bebidas, do tudo bem, dos quais são as novidades, a expressão dele foi ficando mais carregada, e parecia que o momento mais importante, o motivo da conversa estava chegando. Ele tentava demorar um pouco, ao mesmo tempo que queria acabar logo, e eu temia o que estava por vir, tinha certeza do que era, mas ainda assim torcia desesperadamente para estar errado.

Aí ele finalmente falou: – É um negócio que diz respeito diretamente a você e Nina.

Só era, tinha que ser. Ana, Aninha, Nina. E agora? Perguntei:

— E, então, como vão as coisas com vocês? Tanto tempo sem notícias...

Para nosso grande alívio, da porta acenava o Zelão, conhecido meu, amigo e colega de trabalho de Lucas, que levantou-se e foi até lá. Uma pausa para respiração, uma pequena trégua para pensar rápido. Tinha temido tanto este momento, tinha certeza de que um dia iria acontecer e, mesmo assim, agora continuava sem saber o que fazer. Negar tudo, dizer que ele só podia estar brincando, bancar o ofendido? Ou confessar logo, abrir o jogo, coração aberto, fazer o mea-culpa e deixar-me cobrir de opróbrio, ser o último dos últimos, o indigno, o traidor? Milhares de vezes tinha pensado em tais possibilidades, trilhara minuciosamente cada uma delas, analisando suas consequências, suas contradições, suas impossibilidades. Agora tinha de escolher uma e seguir direto por ela, e morrer tal qual um almirante batavo, aquele para quem o mar era o único túmulo digno.

Foi aí que me senti o maior dos sacanas, pois me lembrei de nós dois pequenos na escola. A história do almirante batavo, na minha cabeça, se misturava a um monte de lembranças gostosas, brincadeiras com Lucas, sanduíches e Coca-Cola, revistas *Playboy* roubadas dos irmãos mais velhos, pequenas e grandes malandragens que tínhamos feito juntos.

Ana, Nina. Ai meu saco. Continuava sem saber qual caminho tomar. Sabendo que tudo isso iria acontecer, como pude entrar nessa? Já imaginava o escândalo com Taís, com os meninos. Não podia nem imaginar ficar longe deles. A cara dela quando soubesse.

Taís sempre abominou Nina. Sempre se sentiu inferior a ela, embora não reconhecesse isso, e eu seria o último a dizer-lhe. Nina era mais bonita, magrinha, os cabelos fartos, uma grande boca cheia de dentes levemente irregulares, que davam um toque infantil a seu sorriso, a pele sardenta, o olhar. O olhar, sei lá, um olhar que sempre me interessou.

O problema é que Taís tinha engordado. Não muito, mas estava sempre lutando contra dez quilos a mais em sucessivas e infrutíferas dietas. Não tinha ficado pouco atraente, pelo menos para mim. Tinha ficado toda roliça, uma pintura de Rubens, de Renoir, e eu não desgostava de sua carne abundante, generosa, o bico do peito róseo, ela mesma toda rosada, lourinha; vê-la era um imediato apelo a meter a mão na massa. Taís não perdoava a magreza de Nina, seus drapeados, suas sedas, seus *collants*, seus *fuseaux*. "Também, nunca engravidou", dizia Taís triunfante, pois Nina tinha feito um mundo de exames, uma via sacra de médicos, tentara bebê de proveta, dando com os burros n'água. "Não tem filhos, pode ficar galinhando por aí." Agora o alvo de Taís era o trabalho de Nina, uma agência de publicidade, onde era produtora de comerciais ou algo assim, o que a deixava super por dentro da moda, das artes, altos papos, bem-informadíssima.

"Não tem que cuidar de criança", dizia a despeitada Taís, terminando quase sempre com um depreciativo "putinha".

Quando os boatos de que Nina traía Lucas se alastraram e logo foram confirmados, tive um grande peso na consciência por não o avisar. Mas me parecia que ele não queria saber, que teria tido todas as oportunidades para isso se quisesse. Nina não era nada discreta. Umas vezes ele me sondou, tentou falar do assunto. Fiquei reticente, na dúvida, e na única vez que comecei a falar alguma coisa, ele imediatamente cortou o papo. Eu mesmo não queria lhe dizer. Temia trair pela voz minha satisfação com o que estava acontecendo, que aparecesse meu desprezo por ele, que ele visse por trás de minha suposta solidariedade um regozijar-me com sua desgraça, pois era assim que me sentia na ocasião. Ele estava em franca ascensão profissional, ganhando os tubos, e eu o invejava com todas as minhas forças.

Bom, depois a coisa se banalizou, já não chocava ninguém, era uma dessas coisas que acontecem. Lucas não seria o primeiro nem o último. Deixei de me sentir culpado e, pior, comecei a me indagar por que eu mesmo não transava com Nina, pois, sem me aperceber disso, tinha nascido em mim um grande tesão por ela. Seguia interessado em suas transas, que inadvertidamente me contava Taís, já que Nina era o maior prato cheio para a fofoca da turma.

Aconteceu uma noite em que saímos em grupo e começamos a dançar. Claro que já tinha visto Nina dançando mil vezes, e este era um de seus charmes. Era uma coisa! Ela se mexia, movimentava-se de um modo excitante, sensual, e dançar com ela era um prazer quase maior do que o da própria trepada. Do bolerão a Gloria Gaynor, Nina arrasava. Marcamos um encontro para o dia seguinte. E foi assim, aconteceu naquele dia, aconteceu tantas outras vezes depois, que não era mais possível ver Lucas. Taís não fazia a menor questão de ver Nina. Assim, sem que nada fosse dito, não nos víamos mais.

Taís nunca suspeitou de nada. Às vezes, ela me torrava o saco, me entediava com longos falatórios como só as mulheres podem fazer. Muitas vezes tinha pensado em me livrar dela, me mandar e me juntar com alguma morena gostosona só para variar. Mas até Nina tinha lhe sido razoavelmente fiel, com uma ou outra escapulida nos motéis. Nunca deixei que Taís pudesse sequer imaginar que tais ideias passavam por minha cabeça, pois, apesar de tudo, eu gostava dela. Ela fazia parte de mim. Seria inconcebível minha vida sem sua presença. Sabia que sua vida era centrada na minha. Jamais conseguiria viver sem mim.

Lucas se despedia do Zelão e caminhava para nossa mesa. Puxou a cadeira, mas mudou de ideia. "Vou até o banheiro dar uma mijadinha."

Mais alguns minutos, mas aí minha cabeça deu um branco, não conseguia pensar em mais nada, não tinha ideia do que dizer ou fazer. Era um balão empurrado pelos ventos, absolutamente sem controle da rota, ao sabor das correntes de ar.

Lucas voltou e sentou-se. O sorriso congelado no seu rosto começou a desabar. Ele olhou sério para mim e disse: "Pois é, como você e Nina são os maiores interessados, pedi para ela vir para cá. Aliás, a Taís também."

Eu esperava, tateando qual caminho tomar. Já previa uma cena e estava petrificado. Taís e Nina, meu Deus! E era estranho que nenhuma tivesse me falado nada! Ele se engasgou com o uísque aguado que tinha esperado por ele na mesa enquanto falava com Zelão. "Bem, pensei muito em como te dizer isso, mas vou direto ao assunto."

Os segundos eram um xarope viscoso, um grosso mel de abelha que se escoava lenta e majestosamente. "Estou tendo um caso com Taís há dois anos, e estamos pensando em morar juntos", finalmente desembuchava um suado Lucas.

Vi que Nina ia entrando pela porta e quase imediatamente depois apareceu Taís. Lucas continuou falando, mas não consegui mais escutar. Só pensava que a outra dose de uísque que tinha pedido não chegava, que o garçom estava demorando, o garçom não vinha.

# CLASSE MÉDIA BLUES

Era noite de sexta-feira. Estava pondo os meninos na cama. Não tinha esperado nem insistido que rezassem.

Com Deus me deito / Com Deus me levanto / Por obra e graça / Do Espírito Santo.

Na verdade, há muito se descuidara disto. Sabia que os meninos não rezavam, mas o que fazer, se ela mesma não tinha crença naquelas palavras que há muito haviam perdido o significado, fórmulas vazias. Antigamente, sim, não era tão cinza a vida, era mais nova, menos cansada. Pequenos arranhões, embates diários, foram destruindo sua visão inicial, deixando só a desilusão amarga, impaciente. Um desejo de "basta!", de respirar fundo outros ares, de se mandar para outras plagas. Ah, a vida, irreversível, irreversível. Tempo em que se caminha no sentido contrário ao de nossos sonhos.

Voltou para a sala e sentou-se na cadeira de balanço, já inclinada para um lado e com muitas taliscas de vime quebradas. Ali sentada, ficou pensando. Tinha acordado cedo. Não tinha mais empregada. Muito caras, autoritárias, dificílimas de encontrar. Reduzir o orçamento para aguentar abuso e chateação ela experimentara várias vezes e resolvera que não dava mais. Os serviços de casa. Eram as férias, e as crianças não iam à aula, o que era uma pena.

Amanhã, sábado, dormiriam até mais tarde, o marido sairia, como sempre, monossilábico, preocupado. Começaria a preparar o almoço, minguado, igual ao de sempre, sem muito cheiro ou sabor. Os meninos brigariam – que chegassem logo as aulas. Era estafante a gritaria, a algazarra. Procuraria se desligar de tudo, mas uma mãozinha puxaria sua saia exigindo atenção, pedindo justiça. Daria uma palmada em cada um. O marido chegaria meio bêbado. Teria passado a manhã bebendo cerveja com os amigos. Chegava às vezes alegre, às vezes irritado, com fome sempre. Botaria o almoço, os meninos reclamariam da carne dura, o arroz de terceira, quebrado e mal catado, o feijão queimado. O marido também reclamaria. E eu tenho culpa? Quem é que compra esta porcaria? Sou eu? Não posso vender minhas roupas para comprar comida nem ando bebendo e gastando dinheiro à toa. O marido iria dormir, os meninos iriam pedir para brincar na rua. Não deveria deixar, o perigo dos carros, mas teria um pouco de sossego. Entre culpada, apreensiva e aliviada, consentiria.

Ah, os filhos. Quando moça, fazia ideia tão diferente daquilo tudo. Eles seriam gordos, rosados, lindos, iguais aos bebês dos anúncios do talco Johnson. Vieram nem bonitos nem rosados. Apenas bebês chorões, mijões. Foram crescendo magrinhos, amarelos. Tinha alguns momentos felizes quando imaginava o que seriam. Profissionais liberais, advogados, médicos. Ela e o marido se sacrificariam para fazer com que frequentassem a universidade, tivessem boas oportunidades. E eles cresceriam e, talvez então, ocasionalmente, teriam vergonha daqueles pais simples, medíocres, pobres, sem apresentação, que só viviam para ganhar a vida. Um dia se casariam com pessoas de classe um pouco acima da deles, filhinhos e filhinhas de papai que seriam antipáticos com os sogros, que os olhariam por cima do ombro. Os filhos se sentiriam ligeiramente inferiorizados, afinal, tinham feito um "bom casamento". Não poderiam se impor, uma vez que o dinheiro não era deles, e se considerariam muito felizes por estarem frequentando lugares melhores, esquecidos dos vizinhos de infância, que seriam seguramente bêbados inveterados e fracassados na vida. De qualquer maneira, os filhos partiriam, de um jeito ou de outro, em busca de seus próprios caminhos. E aí, como ficariam ela e o marido?

Sem querer se preocupar muito, iria lavar a louça do almoço, depois cochilaria um pouco, apesar do calor. Quando acordasse, o marido já estaria andando pela casa, de novo a azáfama do lanche: "Café com pão, bolacha não." Botaria os meninos para dentro de casa, daria banho, novamente os meninos poderiam brincar na calçada. "Mas não vão brigar, sujar a roupa. Está limpa e tem que aguentar até a lavadeira vir na próxima semana. Cuidado com os sapatos, estão com sola nova." E chegaria a noite, o jantar.

Não tinham mandado consertar a antena de TV nem poderia ver as novelas. Não que gostasse especialmente de televisão. Ao contrário, às vezes gostava de conversar com o marido à noite: era a única hora possível. Ou simplesmente ficar junto dele, cada um sentado em sua respectiva cadeira de balanço; o marido lendo compenetradamente o jornal para, no dia seguinte, sair com suas notícias e opiniões, tentando impressionar colegas e amigos, citando-os em tom dogmático. Não teria muito sucesso, entretanto, pois todos teriam lido os mesmos jornais e a conversa seria um recital recíproco de coisas lidas e ouvidas, nenhuma ideia original. Mas não notariam muito isto.

Os meninos dormiriam, e ela faria trabalhos de costura, ouvindo o rádio, esperando o sono, quando se deitaria, na expectativa de que o marido talvez remexesse as velhas cinzas do amor e levantasse ainda alguns eflúvios.

Depois viria o domingo. Não iria à missa. O padre desfiaria seu falatório em tom culposo, falsamente humilde, já que no íntimo estava convencido de sua superioridade, de sua santidade em relação aos fiéis. Talvez tivesse que ir à praia. Os meninos exigiriam. Teriam dinheiro para gasolina? Ir de ônibus era enlouquecedor:

longas filas, aglomerações, o aperto, o calor. Na praia, constataria que seu maiô estava fora de moda, seu corpo completamente fora de forma, o marido olhando as mocinhas de biquíni. Ela gostaria de olhar os rapazes com calções minúsculos, musculosos, só para fazer ciúme ao marido. Talvez o fizesse por prazer, pois também ele estava despencado, barrigudo. Teria cuidados para que os meninos não entrassem mar adentro. Teria os picolés, os refrigerantes, a volta, enfim. Chegariam em casa, ajeitaria ainda o almoço improvisado, algumas conservas, apresuntado Swift. Dormiriam depois do almoço. Seria ainda capaz de sonhar? A única coisa que saberia com certeza é que a segunda-feira viria austeramente, trazendo a inexorável promessa de outras e outras segundas-feiras.

Mas ainda era sexta-feira, lembrou. Levantou-se da cadeira de balanço, já inclinada para um lado e com muitas taliscas de vime quebradas, e foi até a cozinha tomar um gole de café.

# O GUERRA-PEIXE[1]

Desde que me entendo por gente, dizem que não se pode falar sobre o guerra-peixe. Eu era menino, e algumas vezes sonhei com ele. Numa delas, apareceu-me como uma caricatura que havia visto num livro de meu avô com imagens do tempo do império: a cabeça grande, bem maior que o tronco, a cabeleira muito penteada, os bigodões fartos, com fraque e cartola e, de repente, transformava-se num suspiro gigante, daqueles bem leves, que tem dentro, no meio, uma massa consistente, saborosa, elástica, e que eu comia avidamente. Na outra vez, o guerra-peixe me apareceu como um peixe feio, daqueles que habitam as grandes profundezas do mar, não acostumado a qualquer claridade. Era luminoso, fosforescente e olhava para mim com olhos brancos, perplexos, aparentando uma grande surpresa.

Tais sonhos me deixaram numa sinuca. Minha mãe havia dito que era terminantemente proibido sonhar com o guerra-peixe. Pobre de mim, o que fazer se já havia sonhado? Como se pode proibir alguém de sonhar alguma coisa? Minha mãe contava histórias assustadoras

---

1 Também conhecido como espitalita, bocante, maroste e cliarnagi.

sobre os que tinham desobedecido tal determinação. Alguns foram condenados à morte. Não a morte simples, mas a morte suntuosamente arquitetada das torturas públicas, em celebrações para o povaréu, admoestação terrível, lição para futuras gerações. Minha mãe mesmo dizia ter presenciado várias delas quando solteira e até que conhecera meu pai numa execução, particularmente significativa, aplicada a um homem que ousara publicar num jornal um sonho com o guerra-peixe. Crime dos crimes, a ousadia exigia punição exemplar. Quando as parelhas de cavalos romperam o corpo do criminoso e a multidão, fascinada, seguia seus movimentos, minha mãe caiu desmaiada, sensível que era e avessa a violências, perto do meu futuro pai, que a escondeu e protegeu. A atitude dela poderia ser tomada como uma afronta, um ato de lesa-majestade, de oposição às determinações superiores.

Quanto sofrimento passei por causa de meus dois sonhos com o guerra-peixe! Impossível descrever. Não pude falar deles para ninguém e comigo carreguei esse fardo até os tempos de faculdade, quando, com grande espanto e indizível alegria, constatei que ali não vigorava tal proibição e se podia falar tranquilamente sobre o guerra-peixe.

Lembro-me da emoção quando numa noite um amigo me falou que já havia sonhado com ele. Aquilo selou uma amizade para sempre. Outra ligação, muito mais importante, nascida da experiência comum com o guerra-peixe, foi com aquela que viria a ser minha mulher. Ela também tivera um sonho. Vi imediatamente que seria minha companheira de vida. Apaixonei-me por seus olhos vivos, ciganos, por sua magreza elegante, por seus brincos de argolas enormes, dos quais não se separava, por seus lenços coloridos amarrados displicentemente na cabeça.

Nessa mesma época, um dia, conversava com minha avó sobre uma família amiga, de sobrenome Guerra, que havia migrado para a Amazônia, muitos anos antes, para tentar a sorte nos seringais. Ela ia dizer "Artur Guerra", que era o nome do chefe da família, e saiu "Artur

Guerra-Peixe". Ora, minha avó era uma senhora muito calma, muito branca e bem assentada em seu corpo retaco, com seus cabelos bem penteados num coque na nuca, e sempre cheirosa – o que sempre me chamava a atenção, em contraste com o cheiro desagradável de tantos velhos. Pois, ao dizer tais palavras ficou muito vermelha, inquieta. Tentou desconversar, levantando-se para me trazer um pouco de doce de laranja, um dos muitos que sabia fazer como ninguém. Mas estava aberta a porta para falarmos sobre o assunto.

Entre hesitações e recusas, terminou ela por me dizer que, quando moça, era muito comum se falar sobre o guerra-peixe. As pessoas se reuniam para expor os sonhos nos quais ele aparecia, trocavam ideias a respeito, e era costume prever o futuro do sonhador a partir deles. Isto tinha sido tão usual, que muitas pessoas se dedicaram a interpretar tais sonhos e disto tinham feito profissão.

Minha avó não sabia dizer por que foi aos poucos considerado mau gosto mencionar o guerra-peixe, sonhar com ele ou ter qualquer uma de suas enigmáticas representações expostas em público. Também, meio sem que se soubesse como, tinha vindo a proibição definitiva e absoluta. Mesmo assim, periodicamente, apareciam pichados nos muros com um grande "GP", que logo era apagado pelas autoridades.

Para minha avó, o guerra-peixe era uma grande ave, com penas longas, brilhantes, e em seus sonhos aparecia executando complicados movimentos, como que dançando *O pássaro de fogo*, glorioso, vencedor. Era uma dança desconhecida, lenta, hierática e que, entretanto, parecia vagamente familiar à minha avó.

Minha avó me tinha contado tudo isto, quando começou a chorar, talvez lembrando seus tempos de moça, sua vida já ida e vivida, sua caminhada para o fim, não sei. Mas penso que nunca me senti tão próximo dela como naquele momento, e guardo esta recordação como uma das mais caras que tenho comigo.

Desde os tempos de faculdade, entreguei-me ao estudo do guerra-peixe, constatando sua cíclica aceitação na cultura, épocas em que fora integrado à vida da sociedade e, em outras, relegado ao mais absoluto ostracismo.

Apesar de todo o conhecimento apreendido no decorrer dos anos, das pesquisas em velhas bibliotecas, dos eventuais e raros encontros com companheiros-irmãos de mesma experiência – encontros esses que resultaram sempre numa redescoberta revigorante, numa troca calorosa de confidências e reasseguramentos –, confesso que o guerra-peixe continua sendo para mim um grande mistério. Convenço-me sempre, e cada vez mais, de que ele é uma experiência fundamentalmente pessoal e intransferível. Há muito espero ser visitado por ele novamente, numa aparição onírica mais explícita, mais compreensível, que me ilumine e esclareça melhor.

De qualquer modo, fui fisgado por ele e a ele dediquei minha vida, meu trabalho intelectual. Por causa dele, segui uma trilha árida e ingrata, que às vezes me deixa imerso em dúvidas e desilusões, como se tivesse apenas um punhado de pó nas mãos e nada mais.

# OS CONES DA FILADÉLFIA

Dez da manhã. Hora péssima, a consulta cortara toda a possível programação. A manhã já se esvaía em pequenos atos, fragmentos. A ida ao banco, a escolha do bilhete de loteria na banca de revista, o comprar uma ou duas frações com números não repetidos. "Não ganho mesmo, para que jogar dinheiro fora com o bilhete inteiro?" Um demorado olhar pelas revistas. As capas, as notícias, o mundo mundo vasto mundo, o não se chamar Raimundo. As pessoas. Houve um tempo – há tanto tempo – em que acreditava que seria capa de revista (grande homem, grande cientista, grande artista, grande qualquer coisa, *grande.*). O tempo passa longo ao largo e muito perto.

Tinha feito uma enorme ginástica com seu horário para arranjar uma manhã que deveria ser "livre". Um tempo sagrado, destinado à realização de tudo que gostaria de fazer caso não tivesse as obrigações e as imposições do dia a dia. Todos os desejos soterrados sob a rotina do trabalho. Lamentava-se com a mulher. Dizia-lhe que não aproveitava o melhor de si, que se perdia no escritório: papéis, carimbos, reuniões, assinaturas, bancos. Não devia estar fazendo nada disso. O mundo estava ali chamando-o, e ele trancado no escritório.

Logo ele, que, quando criança, imaginara ser um grande viajante. Não deixava o pai esquecer a *National Geographic Magazine*. Apreciava as belas fotos coloridas, a nitidez da reprodução, cada coisa parecia recortada, saltada em sua unicidade. Ele que gostava de se imaginar em lugares estranhos e longínquos! A África, o "*Dr. Livingstone, I presume*", os tesouros incas, o Vale dos Reis (passara umas férias lendo sem parar o *Deuses, túmulos e sábios*, para desespero dos primos em cuja casa estava e para quem foi – por causa do livro – péssimo companheiro de brincadeiras). O mundo o chamava: o Alasca, a Inglaterra, a China. Tudo estava lá esperando por ele. No entanto fizera uma única viagem, um tour pela Europa, pingando em todas as capitais, um mero olhar ao vivo os cartões-postais, temeroso de se desgarrar do grupo de desprezíveis turistas, que viam o mundo como um grande supermercado ou shopping center, uma oportunidade de consumir. Tão diferente do seu desejo de conhecer terras outras, imbuir-se de vivências, de cosmopolitismo, de cidadania do mundo, de aventuras e riscos.

Tudo isso ficara comprimido na manhã "livre". Assim como o desejo de "criar", de desenhar, de fazer sabe-se lá o quê. Ler os livros que nunca lera por falta de tempo, fazer uma louca conquista amorosa na rua, ir a uma casa de massagem japonesa, ver filmes pornográficos na Boca do Lixo, experimentar todos os tóxicos, jogar tênis, fazer cooper, nadar, pegar sol, ir ao Centro ver os sebos, fotografar velhas casas.

Eram estes e muitos outros os planos para as manhãs "livres". Na maioria das vezes, entretanto, resultavam simplesmente em acordar mais tarde, ler o jornal pachorrentamente, fazer palavras cruzadas, tomar café nos bares perto do escritório e uma grande insatisfação.

Nesta manhã "livre", às 10h, estava no dentista, pensando.

— Como é estranho que alguém queira ser dentista! Mas não seria estranho querer ser qualquer coisa? Bocas abertas, dentes, cáries, mau hálito, o espinhaço curvado. O barulhinho fino do motor zumbindo. O cheiro dos produtos odontológicos. Mais estranho ainda querer ser auxiliar de dentista. Engraçado como se entendem. Será que transam? Melhor que não. Melhor pensar numa relação de aprendiz e mestre, em que o aprendiz nunca poderá ser um mestre. Abnegação e morte num amor surdo, impossível, inatingível. Já o sugador, nem é bom falar. Um negócio, o fim do mundo, não funciona. Nunca suga aquela saliva grossa, visguenta, que parece de borracha, chiclete, que, mesmo quando se cospe num intervalo, não se rompe, se estira em fiapos, em tiras de queijo derretido em pizza, continuou pensando.

— A gente não vê a morte porque não quer. Ela está aí, tão evidente em tudo. Estes meus dentes furados, cariados, e aquele outro arrancado são sentinelas avançadas e abatidas nos primeiros embates com a morte. A destruição funcionando silenciosamente em mim. O desgaste. A evolução sem pressa para o fim.

Numa consulta anterior, o Dr. Ivo mostrou-lhe o dente arrancado. Três raízes compridas, sanguinolentas, a coroa corroída. Estranho objeto que, pela dor lancinante que emitira sem parar, tinha sido o centro de suas atenções naqueles dias, o centro de sua vida, exigindo atenção, como que querendo comunicar-lhe algo desesperado, algo que não podia esperar. Estranho objeto que agora estava ali fora, morto, calado para sempre, desconectado definitivamente do resto de seu corpo.

Ao vê-lo ali, exibido como uma presa pelo caçador-dentista, orgulhoso de sua façanha, lembrou-se do primeiro dente de leite que caiu. A mãe mandara encastoar o dente em ouro. Nas grandes datas, nos aniversários da família, a mãe deixava que ele e os irmãos usassem os cordões de ouro, as medalhas, os anéis, que ficavam habitualmente guardados em suas pequenas caixinhas de papelão, com o nome do proprietário escrito na tampa com a letra fluente da mãe. Quando rapaz, num arroubo do que supunha ser originalidade, pendurou o dentinho encastoado no velho e fino cordão de ouro. Um dia o perdeu. Ao se dar conta, não tinha nada pendurado no pescoço. Teve um sentimento esquisito de perda. Uma ideia incômoda de que as coisas se vão, que nós nos vamos, que nos caminhos da vida vamos deixando pedaços de nós mesmos. O pequeno dente encastoado, que lhe era tão importante, uma relíquia de sua boca pequena e infantil, um resto seu, perdera-se no oco do mundo. Se alguém o encontrasse, talvez o achasse repugnante, mórbido, aquilo que lhe era tão caro. Pensou que gostaria de ter um amigo distante para poder lhe escrever, contando o fato, sistematizando as ideias no papel, pois sentia que *falar* sobre isto seria ridículo, mas *escrever*, não.

— Sentinelas avançadas ou não, a verdade é que se me vão os dentes... Será que um dia vou usar dentadura? O copo d'água à noite na mesinha de cabeceira. Será que vou ter o dinheiro para fazer os tratamentos necessários quando a velhice chegar? A música suave sempre ligada no consultório. "*If music be the food of love, play on.*" Onde terá ficado aquele livrinho de Shakespeare? Uma tradução portuguesa, *Noite de reis*, a duodécima noite após o Natal... *Wave*, *There's a kind of hush*, como gosto destas músicas; especialmente aqui, neutralizando o barulho do motor. O perfume das mãos dele é de sabonete Phebo. Uma leve sonolência. Daria para dormir? O Pedro. Sim, era o Pedro. Detestava dentistas e barbeiros. Sentia-se mal com a proximidade física deles. Ficava assustado, embaraçado, sem saber para onde olhar, temendo cruzar seu olhar com o deles. E se essa joça toda despencar em cima de mim, e se do teto estes refletores caírem e me esmagar? Não, não vai acontecer. Deve ser caro montar um consultório desses, adaptar luz e água para toda esta aparelhagem. Deve ser gostoso manejar todos estes pequenos instrumentos, os espelhinhos, as massinhas, os araminhos. Será que no andar de baixo alguém perdeu os cabelos? Dizem que os raios X provocam esse tipo de coisa. Vou tossir. E se eu tiver um acesso de tosse daquelas? Não agora, pelo amor de Deus, durante o tratamento de canal. Ainda bem que tem anestesia. Já pensou como era antes? Pelo menos não tenho que ficar espichando papo sem querer. Esta cadeira é confortável. Seria boa para transar? Será que ele transa com a atendente? Não, acho que não. Dentista ganha uma nota firme. O imposto de renda vive em cima. Puxa, como está demorando hoje.

Ficou numa modorra, onde se viu, claramente, no dentista com a mãe. Tinha uns dez anos. Estava com um gancho horrível prendendo a língua e o Dr. Fraga dizia: "Se os jogadores da Seleção tiverem a agilidade da língua dele, a Copa é nossa!"

Dr. Fraga era o dentista da família inteira, e seu consultório ficava no quinto andar de um velho prédio do centro da cidade. Na sala de espera acanhada, separada do consultório por um tabique que não alcançava o teto e de onde se ouvia toda a movimentação lá de dentro, havia uma única gravura que sempre o deixava fascinado, preso à visão meio mórbida, meio kitsch. Era uma mulher se olhando no espelho, num lusco-fusco indefinido, fazendo o toucado na frente de uma prateleira cheia de frascos de perfumes. O conjunto todo, numa *trompe l´oleil,* fazia uma enorme caveira. A cabeça da mulher e seu reflexo no espelho eram os olhos da caveira. Os frascos eram os dentes. Sempre olhara a gravura entre amedrontado e encantado.

— Ah, está terminando, aqui está o spray de hortelã.

— Dr. Ivo, estava pensando aqui, lembrando do dentista em que eu ia quando menino. Me diga uma coisa, o que é "cone"? É aquilo usado no tratamento de canal?

— É sim.

— E os "cones da Filadélfia", o que vêm a ser?

— Não conheço. Onde ouviu isso?

— Neste dentista que eu ia quando menino.

— Não sei. Quem sabe alguns cones americanos comprados por seu dentista.

Não insistiu mais, achando que o Dr. Ivo não entenderia. Como lhe explicar se ele não tinha presenciado o Dr. Fraga, autoritariamente, com determinação, pedir "Lourdes, traga os cones da Filadélfia". E não tinha visto Lourdes, com uma fita verde prendendo os cabelos num rabo de cavalo, óculos grossos, um sorriso triste de alguém consciente de sua própria feiura, trazendo cerimoniosamente a pequena cúpula de vidro azul marinho que cobria os pequenos cones; cúpula que o Dr. Fraga abria em gestos largos e ritualísticos, retirando os cones com uma longa pinça.

Como lhe explicar o calor daquela lembrança, que trazia todo o amor que sentia pela mãe, o sentir-se protegido e amado por ela? Como falar-lhe de um lugar muito especial, situado em sua geografia particular, que resistira aos conhecimentos posteriores, um lugar na remota América, lugar chamado Filadélfia, uma bela cidade cheia de cones altos e brancos, brilhando ao sol, dispostos nas ruas como árvores, uma cidade cujos bondosos habitantes abnegadamente dedicam a vida a fabricar aqueles delicados artefatos finos, brancos, maleáveis, que o Dr. Fraga importava, assim como os dentistas do mundo inteiro, uma cidade de guardiães da saúde, promotores de dentes sadios?

# RESOLUÇÃO

Como tinha previsto, às 16h30 a mãe saiu. O pai devia estar no escritório, chegaria lá pelas 19h.

N. tinha esperado com impaciência a saída da mãe. Assim que ouviu a porta bater, saiu do quarto, onde estava deitado e imóvel desde a hora do almoço. Andou por todo o apartamento, devagar, detendo-se às vezes, remexendo numa ou outra gaveta, passando a mão num móvel. Na cozinha, abriu e fechou a porta da geladeira com cuidado, quase carinhosamente, sem ruídos.

"É hoje, tem que ser hoje", pensava e repensava. Na cabeça, continuava a luta entre esta ideia forte, determinada, que não admitia desobediência, e uma outra voz, bem mais fraca, que se contrapunha e que indagava assustada: – Tem que ser? Por quê? Por favor, não!

Não podia se deixar confundir. Não era possível voltar atrás. Não queria retornar às cavilações, às dúvidas, à indecisão. Já estava tudo resolvido e planejado, não devia fraquejar. Respirou fundo e, com gestos comedidos, quase a passos contados, dirigiu-se ao armário que estava no quarto da empregada, na área de serviço.

Havia um cadeado fechando o armário. Ele voltou e procurou a chave durante uns quinze minutos. Segurava a si mesmo com mão de ferro. Não imaginara esse imprevisto. No lapso de tempo, a dúvida e o temor poderiam tomá-lo novamente.

A voz fraca argumentava: – Não é isto um sinal, um aviso para parar? Adiemos tudo. Para que isso? – A ideia forte rebatia: – Covardia! É hoje, sim. Tem que ser. Não é um mero cadeado que vai impedir.

Desistiu de procurar a chave e usou um martelo para arrombar o trinco com o cadeado. Que diferença faria? Do armário tirou um saco de aniagem, que continha um objeto longo, comprido, e levou-o para seu quarto.

Voltou e fez uma nova vistoria pelo apartamento. Estava tudo calmo, numa penumbra causada pelas venezianas abaixadas, cortinas fechadas. Dali, mal se saberia dizer se era dia ou noite lá fora.

No quarto dos pais, a cama antiquada, relíquia dos primeiros tempos de casamento, nunca trocada. Os armários de cerejeira, como a mãe mandara fazer depois que se mudaram para o apartamento. O crucifixo na parede, um terço enorme com contas de madeira pendurado de maneira "artística". Uma foto do pai no serviço militar, jovem, de bigodinho, quepe e botas. No cabide, algumas roupas em uso. Blusas da mãe. O robe do pai, suas chinelas gastas, de um couro duro, pouco confortáveis. Apanhou-as, meditativo, acarinhando-as, e ia saindo com elas na mão, quando notou que as carregava; voltou, depositando-as onde estavam.

— O que dirão eles? – perguntou-se, sentindo que poderia começar a chorar. – Que importa?

Caminhou até a sala. Lá, os estofados de veludo bege, o tapete imitando persa, os móveis coloniais, os bibelôs que a mãe colecionava, arrumados numa ordem inalterável, dispostos sobre todas as mesinhas e móveis disponíveis. Ali estavam ainda o equipamento de som e seus discos.

— Vou ouvir um pouco de música. Ninguém, mas ninguém mesmo, canta tão bem como estas negras americanas. Ella, Sarah,

Dinah. Toda a alma saindo pela boca, presa nos gritos, na melodia. A solidão, o amor que não deu certo – pensou.

A ideia forte discordou:

— Que está esperando? Marquei para as cinco, mas por que não já?

— Que disco nada, bobagem. Por que às cinco, por que hoje, por quê? – insistiu a voz fraca.

— Chega. Tem que ser hoje – disse a ideia forte, inflexível.

Foi para o quarto. Na estante, seus livros. Os mais antigos encapados com papel de embrulho. Sempre fora muito cuidadoso e ciumento com seus pertences. Seus velhos cadernos do primário e do ginasial, tinha alguns guardados, meio misturados com os atuais, da faculdade. Pegou um dos cadernos, e, ao folheá-lo, viu como estava rabiscado com siglas que inventava. Lembrava o significado das mais recentes, as mais persistentes, como HDV (hei de vencer); NDTM (não devo ter medo); CL (chego lá); e ISW (*I shall win*).

Essas siglas guardavam seus segredos, tudo o que deveria ficar fora do conhecimento de outras pessoas. Era uma forma de esconjurá-los, e também de invocar a proteção e ajuda de poderes superiores. Era uma forma de se convencer de que venceria no final, que superaria tudo, um reforço de ânimo e esperança que tentava dar a si mesmo. Naquele momento, já não lembrava o significado de muitas delas, incontáveis hieroglifos rabiscados na margem das páginas dos cadernos, gritos lançados na escuridão, que avançavam num infinito deserto, sem ninguém à escuta.

Sentiu-se mal. As mãos geladas. O coração disparava descontrolado no peito. O frio na barriga. Viu que não se controlaria por muito tempo mais. Teria que ser rápido. Andou até a sala, voltou ao quarto. Repetiu o trajeto uma duas vezes mais para se acalmar.

No quarto novamente, pegou um monte de retratos seus onde aparecia sozinho, com os pais, com amigos. – Que fiz eu? Que fizeram de mim? Que houve comigo? Este menino sorridente, com o cabelo espetado, segurando confiante a mão de meu pai, sou eu, era eu, fui eu. Onde me perdi? Que houve comigo? Quem me empurra, quem me força a isto? O mundo está aí, tão perto, tudo continua igual, como sempre. Por que tudo me parece acabado? – Tentava pensar, ouvindo o abafado e indistinto barulho que chegava da rua.

Deixou cair as fotos, que se espalharam pelo chão. Apagou o cigarro, vendo sua imagem invertida, distorcida, na concavidade do cinzeiro de aço polido. Sentia a boca amarga, a língua saburrenta como o sarro dos muitos cigarros dos últimos dias.

O medo, imensa onda negra, elevava-se ao máximo e desabaria logo, derrubando tudo, como tantas vezes antes. Não se deixar afundar, tentar sobreviver. Novamente, o medo que permeia tudo, incontrolável. Um medo que nada prende, nada segura, que fluía de dentro dele mesmo, ao mesmo tempo que nele flutuava, ao sabor de suas correntes caprichosas. Esse medo que o corroía, que o paralisava, que o matava. Não aguentava mais.

Lembrou-se de um mural. Seria de Orozco ou Siqueiros, um dos mexicanos. Seria *A marcha da humanidade*? Algo como uma grande massa humana caminhando em sinuosa linha, vinda do passado, cinza e pó, enfrentando o vento do futuro, indo para frente, avante. Uma mãe abraçada ao filhinho, as vestes enfunadas, o rosto limpo e sereno. A epopeia recomeçada, continuada. Mas, agora, sem ele.

— Basta, basta de conversa-fiada, filosofias, papos – a ideia forte era intransigente.

No relógio da copa, viu que não eram ainda 17h. Mesmo assim, era a hora. O rosto impassível, o andar marchado, foi até a geladeira e pegou um pouco de água. Sentiu um pavor, uma vontade de chorar, de falar, de ser aconchegado num peito farto.

— Não é nada disso, não é possível, é um sonho, estou sonhando, vou acordar logo; isto é maluquice – disse a voz fraca. O copo frio que tinha na mão, depositou-o na mesa da cozinha. Foi compassadamente ao quarto, abriu o saco de aniagem, tirou o rifle de dentro, carregou-o e deu um tiro na cabeça.

O zelador do prédio ouviu o barulho. Ficou na dúvida se fora um tiro ou o escapamento de um carro. Tentou falar com algum morador para esclarecer a dúvida. Naquele momento, havia pouca gente no prédio, e não concluiu coisa alguma.

A mãe chegou algum tempo depois. Vinha do supermercado, cheia de sacos e latas, que guardou nos devidos lugares. Quando terminou, passou pela porta do quarto de N. e viu tudo. Seus gritos foram ouvidos pelo prédio inteiro, e os vizinhos chamaram o zelador para arrombar a porta, dado que ela não atendia a campainha. Encontraram-na paralisada, gritando, apoiada na porta do quarto de N., de onde não queria sair, resistindo violentamente quando tentaram afastá-la dali. Só parou de gritar com as injeções na veia que o médico da ambulância lhe aplicou.

# RELATÓRIO

Que tocava Louis Armstrong, é a lembrança que ficou mais forte:

*Kiss me once*
*And kiss me twice*
*Then kiss me once again*
*It's been a long, long time*

Que o dia estava lindo, um solão forte e a piscina coalhada com nossos filhos. Uma multidão de meninos na maior folia, a maior bagunça.

Que, à sombra, estavam os velhos.

Que, perto do bar, estávamos nós, enchendo a cara com os mais variados teores etílicos. Cerveja, uísque, caipirinha de vodca, gim-tônica e Campari.

Que o papo era aquela coisa assim, que não leva a nada, a não ser matar o tempo, que é aquele que nos mata – como diria um dos velhos com um copo de água de coco na mão, já que ele não bebe.

Que havia uma doçura no ar, um sentir-se querido e amado, querendo e amando.

Que tudo parecia muito bem e nos conformes.

Que, de repente, me desceu uma tristeza imensa, uma solidão, um distanciamento de tudo e de todos, a percepção de que tudo aquilo acabaria em breve – como inevitavelmente teria que ser; que era impossível congelar aquele momento de total felicidade; que – pior ainda – seria terrível se conseguíssemos congelá-lo e nos aprisionar para sempre ali.

Que não havia maneira de sugar aquele momento de maneira mais intensa do que aquela que estava sendo feita por mim.

Que Louis Armstrong continuava cantando:

*Me dê um beijo*
*E me dê dois beijos*
*Depois me beije de novo*
*Faz tanto, tanto tempo*

Que alguém disse que eu estava bêbado porque me viu chorando.

Que deixei que pensassem que eu estava bêbado.

Que, passado tanto tempo, tudo aquilo não se perdeu; que ficou guardado em minha mente aquele momento em que as crianças coalhavam a piscina, os velhos estavam à sombra e nós nos embebedávamos, falando bobagens, ouvindo o disco de Armstrong.

# A LETRA "T"

A maneira como minha mãe escrevia o "T", cortando-o com um traço esvoaçante que se abria em dois numa ampla e sinuosa curva, fazia-o parecer uma echarpe de seda tremulando ao vento atrás de uma refinada e elegante mulher. Era sua letra mais bonita, a que eu mais amava.

Era sempre um prazer me deparar com a assinatura de seu nome, cheio de tês, em seus muitos livros. Eles me acenavam alegremente, chamando para entrar, gozar da leitura, convite nunca recusado.

Às vezes era requisitado para ler sua escrita mais extensa, seus grandes textos. Seu caderno de receitas, por exemplo. Lá ficava eu, ditando para ela as medidas, os ingredientes, enquanto ela se esfalfava, preparando os bolos e salgadinhos dos dias de grande festa. Reencontrava então os tês, inquietos, nervosos e impacientes com a expectativa do acontecimento. Escandalosos, agitavam gigantescos xales que cobriam palavras inteiras.

Muito, muito depois, não conseguia ler suas cartas sem que os tês me parecessem lenços de adeus em porto molhado de chuva. Mais ainda, os tês transformavam as palavras onde estavam inseridos em navios que soltavam uma longa e suspirosa fumaça ao se despedir, partindo para longe, navegando a duras penas por entre as linhas do papel escrito, uma estranha frota perdida no tristonho mar de palavras.

# MERGULHADOR DE ACAPULCO

*De longe:* Os bicos dos sapatos, meio arredondados, saem para fora do caixão. A sola mostra ter andado por muitos caminhos antes de enveredar por este, agora, do qual não tem volta.

*Já muito próximo:* O leito de flores. A mão inchada de tantos tubos e agulhas. A face em placidez séria e cérea. O terno azul-claro, combinando com a meia e a gravata, com a camisa de listrinha azul, tudo como ele fazia antes.

*Encostado no caixão:* Vertigem, tontura, sensação de desmaio. Como se – de uma altura enorme – fosse cair dentro do caixão. À beira de um penhasco. Mas logo me firmo e, mergulhador de Acapulco, pulo em salto mortífero, riscando o vazio num voo limpo e preciso, o corpo em movimentos gráceis e poderosos, um canivete que se abre e fecha, uma seta certeira que faz o arco completo até afundar no azul do mar. Subo à tona, estou vivo e me vanglorio de ter conseguido mais uma vez. A beleza da vida, o sol, a ousadia, o criar desafios gratuitos e desnecessários, pelo simples prazer de vencê-los da forma mais bela e justa.

*Saindo de perto do caixão:* Uma vontade de espancar o morto, de esmurrá-lo, de derrubar o caixão no chão, espalhar flores e velas. Espancá-lo para acordá-lo, trazê-lo de volta, para que venha para cá, para que não nos deixe. Ou ainda para quebrar a ilusão de que ele apenas dorme, para que, caindo no chão, o corpo hirto assuma posições grotescas e impossíveis, casca abandonada, inútil. Para que, impossibilitado de acordá-lo, acorde as outras pessoas que ali estão e que agem como se nada de grave estivesse acontecendo, que se recusam a ver o terror nu que ali se expõe cruamente, que – em suave rumor de conversas civilizadas – bebericam café e água em pequenos copos de plástico.

**GRÁFICA PAYM**
Tel. [11] 4392-3344
paym@graficapaym.com.br